www.tredition.de

AF177353

Cornelia Besoke

Zwergilein- Wo bist Du?

www.tredition.de

© 2018 Cornelia Besoke

Verlag und Druck: tredition GmbH, Hamburg

ISBN
Paperback: 978-3-7469-1887-7
Hardcover: 978-3-7469-1888-4
e-Book: 978-3-7469-1889-1

In Gedenken an unseren Sohn Max.

Wir lieben Dich, Zwergilein!

Vorwort:

Ich wusste, dass dieser Tag kommen wird,
und hatte immer Angst davor...

Der letzte Tag

Es war ein Freitag- eigentlich, wie jeder andere...Du kamst am Vorabend von der Montage, alles wie immer...

Tagsüber bekam ich immer nur kurze Nachrichten, ohne Smileys- seltsam, denn Du warst doch gerade wieder frisch verliebt.

Als ich heimkam, warst Du gerade duschen, dann klappte die Haustür und Du warst weg.

Also schrieb ich Dir: " Bist Du schon wieder los? "

Du: " Joa"

Ich: " Wann hast Du denn dein Zimmer umgeräumt ? "

Du: " Vorhin "

Ich: " Aber so kannst Du doch das Regal nicht benutzen ? "

Du: " Und ist eh nur Müll drin "

Ich: " Ach so "

" Hast Du heute auf Arbeit einen ausgegeben?

Weil Papa meinte, Du wolltest Gehacktes

mitbringen? "

Du: " Ja hab ich. Hab es aber im Kühlschrank vergessen,

also den Rest "

Ich: " Haben die sich gefreut ? "

Du: " Ja, waren nicht viele da- wusste ich aber nicht. "

Ich: " Ich hätte Dir auch was gemacht- Frischkäsestangen

oder so"

Du: " Ne, alles gut- seit wohl auf dem Hundeplatz? "

Ich: " Jetzt ja, Du bist wohl wieder zu Hause? "

Du: " Ich bin daheim, geh dann aber wieder los. "

Ich: " Hast Du was gegessen ? "

Du: " Ne, hab kein Hunger. "

Ich: " Alles gut? "

Du: " Ja"

Ich: " Soll der schwarze Schreibtisch dann auch in
        den Schuppen? "

Du: " Weiß ich nicht, was Du damit vorhast. Können wir
        auch verbrennen, zur Not hab ich ja noch den weißen. "

Ich: " Gut."

Du: " Bis morgen, Ihr braucht ja noch- oder? Geh nämlich
        jetzt wieder los. Mach was mit nem Kumpel. "

Ich: " Schläfst Du bei Stella? "

Du: " Ne denk nicht. Stella muss morgen früh arbeiten, da
        muss sie so früh raus. Schlaf dann vielleicht bei
        dem Kumpel, aber das entscheidet sich noch. "

Ich: " Achso, dann viel Spaß "

Du: " Bis morgen, hab Euch lieb. "

Ich: " Ich hab Dich lieb. "

Du: " Haha, 2 Dumme, ein Gedanke"

Gegen 9 kamen wir dann nach Hause, der Schlüssel steckte, das Lied, welches Du schon seit Wochen in Dauerschleife hörtest lief: " GZUZ-Alles Lügner" , oben brannte Licht und auf mein Rufen, kam keine Antwort .

Ich hörte ein Schluchzen, also lief ich die Treppe hinauf. Du warst wieder so unglaublich traurig, wie so oft in den letzten Wochen...

Erste Anzeichen?

Wie oft haben wir Dich alle zusammen gesucht.

Das erste Mal hast Du ein Foto von der Autobahn und den Zuggleisen geschickt. Dann war Dein Handy aus.

Panisch fuhr Papa alle Brücken ab, und ich fuhr mit dem Rad die Waldwege ab.

Irgendwann kamst Du dann nach Hause, wolltest nicht reden, hast dich 3 Tage in Deinem Zimmer verkrochen, und ich wachte vor Deiner Tür, wollte Dich einfach nur in den Arm nehmen.

Deine Freunde schafften es dann. Wir dachten, Du hast Liebeskummer, aber ich denke, da hatte Dich die Krankheit schon fest im Griff.

Dann kam wieder eine positive Phase-neue Liebe-neues Hobby. Du bist Cross gefahren, hast festgestellt, dass die Arbeit am Kessel nichts für immer ist und begannst noch einmal eine Ausbildung.

Dann an einem Freitagabend schicktest Du eine Nachricht an Deine damalige Freundin: " Wenn mich jemand sucht, ich häng in der Garage. "

Eigentlich hast Du beim Umzug geholfen, wir lagen auf der Couch und sahen fern, als Deine Schwester völlig außer sich nachfragte, wo Du bist.

Also rannte ich im Schlafanzug hinter, die Tür war verschlossen, drinnen lief laut Musik von den „ Böhsen Onkelz" und Du warfst Gegenstände umher. Mein Flehen half nichts, Du hast einfach nicht aufgemacht. Dann kam Deine Schwester und wir beobachteten Dich durch ein Astloch in der Holztür, baten Dich immer wieder aufzumachen.

Aber das machte Dich nur noch wütender.

Schließlich rief Deine Schwester: " Er hat ein Seil um den Hals! " und wählte die Nummer der Polizei.

Inzwischen war auch Dein Papa da. Du öffnetest die Tür und bist weggerannt.

Die Beamten folgten Dir, zurück in der Garage überwältigten sie Dich zu viert, doch anstatt auf Deine Traurigkeit und Verzweiflung einzugehen, kontrollierten sie, ob die Motorräder wirklich Euch gehören. Sie entdeckten ein Messer, welches wohl laut Waffengesetz zu lang war und schrieben eine Anzeige wegen „ unerlaubtem Waffenbesitz" . Papa fragte die Beamten, was das soll. Die Motorräder gehörten Euch. Ihr habt hier geschraubt und neben verschiedenen Werkzeugen, benötigt man dafür auch ein Messer, z. B. für die Schläuche. War das in dem Moment wirklich gerade deren einziges Problem?

Sie nahmen sie Dich mit auf die Wache. Dort kümmerte sich dann endlich eine Psychologin um Dich. Sie erklärte uns, dass Du nun erstmal eingewiesen werden musst. Ich war in dem Moment erleichtert, weil ich Dich nicht beschützen konnte.

Ich dachte, dort wird man Dir helfen.

Das Gegenteil war der Fall: Du warst eingesperrt, auf einem Zimmer mit einem Mann, der versucht hatte, seine Frau zu töten und einem jungen Mann- nicht viel älter, als Du, der den ganzen Tag durch alles durchstarrte.

Du hattest Angst- besonders nachts. Wir besuchten Dich jeden Tag, versuchten Dich zu trösten, zu beruhigen und Dir Mut zu machen.

Deine Freunde kamen abwechselnd mit. Wir hatten eine extra Gruppe ins Leben gerufen, um uns abzusprechen. Es war ein beklemmendes Gefühl. Ich kannte geschlossene, psychiatrische Abteilungen aus meiner Ausbildung, aber für alle anderen war dies ein sehr befremdlicher Ort. Auf dem Heimweg kamen uns die Tränen, denn wir hatten jeden Tag wieder das Gefühl, einen schweren Fehler gegangen zu haben.

Du warst weggesperrt- bekamst aber weder Tabletten, noch eine Therapie.

Die Ärztin befragte uns zu Deiner Anamnese. Sie bemerkte die Verletzungen an Deinen Unterarmen.

Da wurde mir bewusst, dass Du das mit dem „ Ritzen" nicht nur mal so ausprobiert hast, sondern dass das der Beginn Deiner Erkrankung gewesen sein muss.

Du musstest Dich verletzen, um Dich zu spüren- so, wie Deine Tunnel immer größer wurden.

Du wolltest damals unbedingt welche haben. Da ich fest davon überzeugt war, dass Papa es Dir nicht erlauben würde, erklärte ich Dir: " Frag Papa. " - Der erlaubte es. Ich war sehr erstaunt darüber und fragte ihn: " Du weißt aber schon, was Tunnel sind? " - Er: " Ja, mein Kollege hat auch sowas. " Später war er dann zum einen über die Größe entsetzt, machte sich aber auch immer wieder darüber lustig: " Da hat doch schon wieder Einer die Dichtungsringe auf der Badewanne liegenlassen" .

Die Bilder auf Deinem Körper wurden immer mehr.

Bis zu Deinem 18.Geburtstag konnten wir es Dir verbieten, obwohl wir auch da tolerant waren.

Wir erlaubten Dir ein „ Arschgeweih" oder Zwerge, die mit leerer Schubkarre auf der einen Pobacke abgebildet sind, und auf der anderen mit voller Karre wieder erscheinen. Das wolltest Du nicht. Als Du dann selber entscheiden durftest, holtest Du alles nach. Einer Deiner Tattootermine fand sogar in Deinem Kinderzimmer statt. Nachdem Deine Schwester eine Banane tätowiert hatte- sehr originell, denn sie hatte Banane „ drauf geschrieben" , schnappte sich Sarah das Gerät wieder und machte am lebenden Objekt weiter. Sie war sehr geschickt. Bei einer Familienfeier zeichnete sie aus Langeweile ein Auge mit Kuli auf ein Stück Papier. Das sah so echt aus- ich habe es eingerahmt.

" Free Rider" kam auf Deine Finger.

Manchmal veralberten wir Dich und sagten, dass Du da schmutzig bist- immer wieder bist Du darauf reingefallen, dann hast Du die Augen verdreht und mit dem Kopf geschüttelt.

Bei Deiner Entlassung aus der Klinik rieten sie Dir, eine ambulante Therapie zu machen, aber Du hast uns immer wieder erklärt, solange Du uns alle hast, schaffst Du es und tust Dir nichts an.

Ich denke, nach dem Klinikaufenthalt hast Du begonnen, Deine perfekte Fassade zu gestalten. Du hattest panische Angst davor, wieder dorthin zu müssen, und spieltest für alle den fröhlichen Jungen, der ständig neue Pläne verfolgte und auch spontan umsetzte. Immer hilfsbereit, und da, wenn man Dich brauchte.

So funktionierte es wieder eine ganze Weile.

Vielleicht begann aber alles schon bei Deiner Geburt?

Wie alles begann...

Als ich im Januar einen Schwangerschaftstest machte, berichtete Dein Schwesterchen Papa, als er von der Arbeit kam: " Mama hat heute versucht, ein Baby zu bekommen... "

Im September war es dann soweit. Du hattest es ziemlich eilig damit, das Licht der Welt zu erblicken. Wir waren spazieren, als die Wehen begannen.

Dann setzte ich mich in die Wanne- das warme Wasser tat gut. Als die Abstände immer geringer wurden, machten wir uns auf den Weg.

Um 1.35 Uhr war es dann soweit: Wir konnten Dich endlich sehen, doch die Nabelschnur war um Deinen Hals geschlungen.

Heute frage ich mich: Hat Dich das schon geprägt?

Du und Papa waren so geschafft, dass Ihr beide friedlich in dem großen Bett eingeschlafen seid. Ich weinte vor Glück- so ein süßer Schatz. Da ich von Natur aus ein sehr neugieriger Mensch war, war ich die ganze Schwangerschaft hindurch total aufgeregt, wollte unbedingt wissen, wie der kleine Terrorist in meinem Bauch wohl aussieht.

Im Krankenhaus bekamst Du dann eine Spreizhose und Fototherapie, bis wir nach 6 Tagen endlich nach Hause durften.

Von da an hast Du unser Leben gründlich auf den Kopf gestellt. Bis Du 1 ½ Jahre warst, schriest Du grundlos jede Nacht mehrfach- oder hattest Du vielleicht schon damals diese Albträume?

Ich war auf jeden Fall davon überzeugt, dass Du das mindestens bis zum 14. Lebensjahr so beibehalten wirst...

Ein ganz normaler Tag im November:

4. 45 Uhr: Der erste Schrei- ich hab Hunger und meine Windel ist voll.

Ich trinke allerdings nur so viel, bis der größte Hunger gestillt ist, dann schlafe ich erstmal wieder eine halbe Stunde.

Es folgt Gemecker, aber niemand reagiert.

Ich kapituliere, aber nur für die nächste halbe Stunde.

Sophia muss in den Kindergarten, da will ich mit.

Ich komme in die Bauchtrage, da fühle ich mich wohl.

Auf dem Heimweg erledigen wir gleich noch den täglichen Einkauf. Dabei schlafe ich dann gern ein, aber zu Hause bin ich dann wieder hellwach.

Mama kocht sich einen Kaffee, also mache ich mich bemerkbar.

Ich bekomme die Brust und eine frische Windel- nun darf Mama Wäsche waschen, aufräumen, Betten machen, abwaschen und das Essen vorbereiten.

Das muss schnell gehen, denn um 10 müssen wir wieder los, um Phia abzuholen.

Wieder zu Hause gibt es Brust und Windel.

Sophia isst und von mir gibt es lautstarken Protest.

Eine Viertelstunde Mittagsschlaf reicht mir vollkommen.

Mama sieht nicht begeistert aus. Sie bastelt gerade mit Sophia, als ich wieder nach einem Schluck Milch verlange.

Gegen Abend darf ich dann baden und Papa kommt von der Arbeit.

Ich bekomme mein Abendessen und schlafe ein halbes Stündchen.

Gemütlicher Abend gefällig? Das habt Ihr Euch so gedacht: Jetzt gibt es die volle Lautstärke bis 22. 00Uhr.

Dann gönne ich Mama 2- 3 Stunden Pause.

Nachts hängt sie ihre Brüste mittlerweile einfach nur noch abwechselnd raus. Sie ist total fertig, aber ich ändere meine Essgewohnheiten einfach nicht...

Unsere Haustiere:

Das einzige, was Dich beruhigte, waren die Fische in unserem Aquarium. Davon warst Du so fasziniert, dass Du alles um Dich herum vergessen hast.

Der Wels lebt noch immer. Wir scherzten immer: " Der würde als Einziger auch einen Atomkrieg überleben... "

Sophia hingegen beruhigte Dich zum Beispiel mit den Worten: " Nicht weinen, gleich macht der Milchladen auf. "

Überhaupt war sie sehr froh, Dich zu haben. Wer hat schon eine lebendige Babypuppe?

Ich textete für Dich ein Schlaflied:

„ Ich hab Dich lieb, so lieb, ein Leben lang so lieb. Ja, ich hab Dich ganz lieb, ganz lieb, mein kleiner Herzensdieb. "

Später durfte ich nicht mehr für Euch singen, und ich verstehe bis heute nicht, warum...

Ihr habt dann immer gesagt, Ihr würdet auch so schlafen oder ich soll Euch was vorlesen.

Ich bin vielleicht nicht Whitney Houston, aber so schlecht fand ich mich nicht.

In dieses Chaos kam dann ein weiteres Familienmitglied: Herr Hägele- der böse „ Kampfhund" .

Ich kam da manchmal ganz schön durcheinander: So erklärte ich dem Hund" Mama kommt gleich" , und Dir sagte ich" Herrchen kommt gleich" .

Während Sophia versuchte, ihm mit Leckerlis „Sitz" beizubringen, machtest Du Faxen oder gabst ihm einen Kuss. Saß er beim Essen neben Dir, und das war meist der Fall, sahst Du ihn an, nicktest kurz und dann gabst Du ihm Dein Brot. Als er dann alt war, brachtest Du das wasserscheue Tier sogar dazu, noch einmal mit Dir zu schwimmen.

Du sagtest immer ganz stolz: " Das ist mein Bruder. "

Mit unserer Schäferhündin machtest Du später im Garten Unterordnungsübungen- so, wie Du es von Papa kanntest. Sie gehorchte Dir. Das war so niedlich- der große zottelige Hund hörte auf den keinen Mann.

Unsere Tiere spielten immer eine große Rolle in Deinem Leben. Als Du vom Spielplatz kamst, hast Du 3 vierblättrige Kleeblätter gefunden: Eins gabst Du mir, Eins hast Du behalten und Eins hast Du Deinem Meerschwein gefüttert, damit es immer Glück hat.

Unsere Miezi schlief immer in der Waschmaschine, aber wenn Du ins Bad kamst, um Dir die Zähne zu putzen, rannte sie immer an Deinen Beinen hoch, was natürlich unweigerlich zu Geschrei führte.

Als Bonnie Welpen bekam, hast Du mich mit Deiner Schwester und Papa solange überredet, bis wir Eddie behalten haben.

Deinen Kampffisch nanntest Du Manfred und als dieser gestorben war, wurde dieser durch Manfred 2 ersetzt. Der arme Kerl schwamm meist im Turm des Aquariums hoch und runter, da er die Minihaie nicht besonders mochte. Du hingegen warst fasziniert, plantest immer größere Becken mit entsprechenden Filtereinheiten... ich hörte Dir immer gern zu, Du hattest so viele tolle Ideen.

Als Du mal sehr betrunken von einer Feier kamst, wurden erstmal die Haie durchgezählt, bevor Dein Kopf im Becken einrastete.

Nachdem Du sicher warst, dass alle da sind, hast Du Dir ein Tetrapack Eistee zum kuscheln geschnappt und friedlich Deinen Rausch ausgeschlafen.

In der Schule habt Ihr ein Vogelbaby gerettet und bei McDonalds immer den Parkplatzfuchs gefüttert.

Bei Dir stimmte die Aussage, dass man den wahren Charakter eines Menschen an seinem Umgang mit Tieren erkennt, zu hundert Prozent.

Deine Kindheit:

Aber immer der Reihe nach...

Du begannst endlich zu sprechen- das Übliche: Da, Mama, Papa, GagGag und Hase.

Dein Lieblingswort war Auto- kam daher schon Deine Liebe zu diesen eigenartigen Dingern, die für mich nur verschiedene Farben und vier Räder haben?

Wie alle Eltern dachten auch wir, dass nur Du das kannst. Wir waren mächtig stolz, auch darauf, dass Du bereits mit einem Jahr aufs Töpfchen gingst.

Du nahmst sämtliche Krankheiten mit. Bereits als Baby bekamst Du Neurodermitis, also stellten wir auf hypoallergene Kost um.

Es folgten Röteln und Windpocken, sowie diverse Infekte.

Als Du im Kindergarten Fieber hattest, erzähltest Du abends ganz entsetzt: " Die Tante Bärbel hat mir heute ein Thermometer in den Po gesteckt, aber mein Po ist doch nicht krank! "

Als Du aufgrund einer Mittelohrentzündung Kamilleumschläge bekamst, ließ sich Dein Schwesterherz aus Mitleid auch einen Verband anlegen.

Da Du ständig klettern musstest, blieben diverse weitere Verletzungen nicht aus. Aber die Heilung dieser war damals noch so einfach: Einmal pusten und ein Pflaster- schon war wieder alles o. k.

Nachdem wir die Stäbe Deines Bettes entfernt hatten, kamst Du schmerzfreier ins Bett Deiner Schwester.

Wenn wir schimpften, machtest Du entweder Faxen, bis wir lachen mussten, oder hieltest Deine Hände vor die Augen, um Dich zu verstecken.

Einmal hast Du mich gefragt, was Hausarrest ist. Nachdem ich es Dir erklärt hatte, fragte ich, warum Du das wissen willst. Deine Antwort: " Papa hat mir sowas gegeben, weil ich wieder eine Stunde zu spät vom Spielplatz gekommen bin. "

Schimpfen mussten wir schon hin und wieder, zum Beispiel, als Deine Schwester entsetzt bemerkte, dass Du ihre Spielsachen aus dem Fenster geworfen hast oder als Du ihre Didl-Maus-Uhr auf dem Flohmarkt für 2, - € verkauft hast oder wenn Du beim Aufräumen schnell fertig warst, und ich dann die Schranktür öffnete und mir alles entgegen kam...

Dann stelltest Du fest: " Mutti, obwohl ich so ein böses Kind bin, habe ich so viele Spielsachen. Das ist toll. "

Als wir dann in unser kleines Häuschen umzogen, änderte sich vieles. Ihr habt beim Renovieren geholfen und wir fanden ein tolles Ölgemälde unter der alten Tapete...

Die meiste Zeit konntet ihr im Garten spielen. So hatten wir uns das immer vorgestellt- oft habe ich mich gefragt, ob es den ganzen Ärger, den wir hatten, Wert war, aber wenn ich Euch dann draußen beobachtete, waren diese Gedanken, wie weggeblasen.

Im Winter wurden Iglus gebaut, die Dich dann auch mal verschütteten, im Sommer waren es Buden. Die wurden dann gemütlich eingerichtet und zur Übernachtung genutzt. Papa suchte regelmäßig sein Werkzeug, welches wohl noch heute in den Wäldern in angefangenen Baumhäusern und Erdhöhlen zu finden ist.

Wir machten Lagerfeuer und es gab Stockbrot. Später habt Ihr dann selber Feuer gemacht. Dabei entzündete Magges den Benzinkanister gleich mit...

Ihr habt mit Euren Freunden im Garten gezeltet oder unser Haus war gefüllt mit Matratzen...

Wir suchten Pilze, ließen Drachen steigen und fuhren am Opti In-liner- Du lieber im Schotter, damit es nicht zu schnell wurde. War Dein Lieblingsplatz deshalb dahinten?

Deine Schwester fragte mich mal: " Macht nun eigentlich die Oma Geli (die Ihr leider nie kennengelernt habt) , der Kurt Karotte(Euer totes Häschen) oder der liebe Gott den Regen? "

Damals hatte ich keine Antwort, heute weiß ich:

" Den Sonnenschein machst Du! "

Du hast Dir auch immer wieder die sonderbarsten Gedanken ge-macht. Im Urlaub hast Du mal gefragt: " Auf welche Toilette ge-hen eigentlich Transen? "

Ich bin eher selten sprachlos, aber das war so ein Moment...

Unsere Urlaube:

Deinen ersten Urlaub hast Du mit uns in Norwegen verbracht. Papa versuchte zu angeln, abends lagen dann Würstchen auf dem Grill.

Wir unternahmen unzählige Wanderungen- Du ganz bequem in der Rückentrage. Bis auf den Tag, als wir auf einer Hochebene nach Rentiergeweihen suchten und ein Gewitter aufzog. Blöd, wenn man nicht mehr weiß, wo das Auto steht und man die höchste Erhebung ist. Wir schafften es alle zusammen. Essen gab´s aus Dosen, einen Restaurantbesuch zu viert leisteten wir uns nur einmal, dann waren wir geheilt.

Auf den Gipfeln wurden dann Steine gestapelt, um die Trolle zu besänftigen. Kam daher Dein Bezug zu den nordischen Göttern?

Dein erster Ostseeurlaub war dann auf der Insel Rügen. Hier wurdest Du im Fahrradsitz chauffiert. Wir fuhren auf die Insel Hiddensee. Blöderweise hatten wir Deinen Fahrradsitz vergessen, also mussten wir laufen. Diesen Weg werden wir noch einmal machen- mit Dir, um Dir den Wunsch zu erfüllen, mit den Haien zu schwimmen...

Das Meeresaquarium war für Dich von klein an immer ein Magnet, auch als Du selbst ein Becken hattest, zog es Dich immer wieder dahin.

Unsere Urlaube waren immer sehr spartanisch, aber wir wollten Euch so viel, wie möglich von der Welt zeigen.

Zwei Wochen Dauerregen im Zelt in Holland klingen vielleicht nicht besonders lustig, aber wir überstanden auch das. Nur das Zelt blieb gleich dort.

Im Disneyland mussten wir Dir eine Winnie Puh Mütze kaufen, weil wir Deine vergessen hatten.

Die hast Du auch später immer wieder gern getragen.

Im Hotelzimmer gab`s dann Minutenterrinen zum Mittag.

Auch ein erneuter verregneter Ostseeurlaub ließ uns nicht verzagen. Nur meine Kollegen achteten darauf, dass sie nicht in der gleichen Zeit Urlaub machten, wie wir. Irgendwann war der Bann gebrochen, und auch für uns schien die Sonne.

In Kroatien zum Beispiel, als wir mit Yang nicht aufs Boot durften und zwei Stunden in der Mittagssonne zu den Plitvicer Wasserfällen liefen. Dort angekommen tranken wir alle Unmengen Wasser, als wären wir tagelang durch die Wüste gelaufen. Ins Wasser bist dann nur Du gegangen, weil uns auf dem Weg dorthin eine bunte Schlange begegnet war...

Dort hast Du auch schwimmen gelernt. Mit Deiner Schwimmweste und Dir darin spielten wir immer „ Bojenwerfen" , bis Dir das dann irgendwann zu doof war, und Du plötzlich ohne schwimmen konntest. Dort bist Du auch zum ersten Mal mit dem Schnorchel unterwegs gewesen und voriges Jahr dann wieder...

Wenn die Sonne unterging, haben wir Euch erklärt, dass das Wasser dann ganz warm wird. Ihr habt es immer wieder getestet. Wenn wir an der polnischen Ostsee mit unserer Suppenkanne abends auf dem Weg zum Strand waren, hast Du Dich immer beschwert, dass wir keinen Fernseher dabeihaben: " Sogar die Polen in dem Zelt da vorne schauen fern. " Ich besänftigte Dich dann und erklärte, dass wir jetzt auch fernsehen. - Den Sonnenuntergang...

Danach wurde geknobelt, Karten gespielt oder„ Mensch, ärgere Dich nicht" wurde hervorgekramt.

Sahen wir eine Möwe, erzählten wir, dass die von den Leuten hier oben steigen gelassen werden- wie Drachen. Ihr habt dann immer nach der Schnur gesucht.

Am Strand musste ich mit Dir Sumoringer spielen. Eigentlich ganz schön peinlich, aber uns war das egal.

An einem Stand ließen wir uns alle Hennatatoos malen. Papa sagte dann: " Da will ich die tätowierte Assibande mal nach Hause fahren. "

Deine erste Liebe hast Du, nachdem Du nicht wusstest, wie Du sie ansprechen solltest, in Flecken- Zechlin gefunden. Du hast Dir das Schlauchboot geschnappt, Essen und Trinken eingepackt und Nele zu einem Picknick gerudert. Ihr hattet eine schöne Zeit. Ihr Papa spielte abends Gitarre vorm Zelt, während Ihr drin am Fummeln wart. Leider wohnte sie zu weit weg. Mal eben nach der Arbeit ins Sauerland und wieder zurück, das war selbst mir nicht möglich.

Auch die Besuche auf Opa Gerhards Boot waren immer toll- Hauptsache Wasser...

Gern erinnere ich mich an unsere Zugfahrten nach Halle zu meiner Familie. Das erste Mal warst Du noch in meiner Bauchtrage, da hieß es auf dem Heimweg gleich zweimal

„ Schienenersatzverkehr" . In Weimar sollte es dann gar nicht mehr weitergehen. Mit 2 kleinen Kindern auf einem Bahnhof übernachten war kein schöner Gedanke, aber die nette Frau an der Info fand dann doch noch eine Verbindung für uns.

In Halle hast Du gern Zeit mit Opi verbracht. Dort gab es Katzen, Häschen, Schafe und Hühner. Ihr durftet Traktor fahren, und Du hast es geliebt, Opis Geschichten zu lauschen.

Neujahr verbrachten wir immer in Halle, denn da hatte er Geburtstag.

Dieses Jahr Neujahr warst Du wieder sehr traurig und fragtest mich: " Weißt Du, wo wir heute eigentlich wären? " - Ich sagte: " Ja. Ich vermisse ihn auch. "

Deine Schwester fragte mich daraufhin, warum Du gerade ihn so sehr vermisst. Ich erklärte ihr, dass sie Oma Friedel und Opa Walter ja länger hatte, da sie älter ist, und Du hattest Opi Ede länger in Deinem Leben.

Wir unternahmen immer viele Ausflüge, wenn wir da waren-so, wie es meine Omi immer mit uns gemacht hatte. An die gleichen Orte meiner Kindheit: Wir besuchten den Zoo, den Botanischen Garten, die Burg Giebichenstein, fuhren zum Wörlitzer Park oder badeten im Hufeisensee.

Die Verbotsschilder stehen noch immer da...

Bei einem Urlaub in der Schweiz hatten wir unheimliches Glück. Es kam ein orkanartiger Sturm auf und Papa parkte unser Auto um. Ein junger Mann, der neben uns sein Zelt aufgeschlagen hatte, war zum Glück etwas essen, als die alte Weide hinter seinem Zelt plötzlich umkippte. Wir standen dann lange in unserem Zelt, noch geschockt, aber dabei das Gestänge fest im Griff- der Sturm war noch nicht vorbei.

In Südtirol wanderten wir einen Steilhang hinauf. Ich kroch auf allen vieren, da ich nicht besonders höhentauglich bin. Du machtest Dich die ganze Zeit darüber lustig und wolltest ein Video von mir aufnehmen. Ich sollte der neue „ YouTube-Star" werden... Den Film wolltest Du: " Almconny" nennen.

Abends kam immer ein Reh auf den Zeltplatz. Nach unserem allabendlichen Besuch der Infrarotkabine- den Du sehr langweilig fandest, spielten wir immer. Als Du das erste Mal meintest: " Mama, hinter Dir steht ein Reh! " dachte ich, Du willst beim Spielen schummeln.

Beim Wandern wurden wir dann von einer Kuhherde verfolgt. Wir wurden immer schneller, bis die Tiere endlich abbogen. Da waren die Wanderungen in Tschechien und der Slowakei deutlich entspannter. Hier hast Du Dich immer ganz doll auf die Knödel gefreut.

An einem Freitagabend kam Papa mit der Idee nach Hause, nach Salzburg zu fahren. Deine Schwester wollte zu Oma Friedel, also fuhren wir zu dritt. Wir schliefen im Kofferraum unseres alten Caddy. Das war nicht besonders bequem und sehr kalt- es war Februar, und das mitgenommene Essen am nächsten Morgen gefroren. Während Papa seinem liebsten Hobby- dem Hundesport- nachging, machten wir zwei uns auf den Weg. Erkundeten die Umgebung und fuhren dann nach Salzburg- eine tolle Stadt. Der Rückweg führte dann über Serpentinen- die waren doch vorhin noch nicht da.

Mit fehlendem Orientierungssinn und ohne Navi sind Ausflüge mit mir immer ein Erlebnis.

Wenn wir mit zu den Hundeveranstaltungen fuhren, machten wir zwei eigentlich immer unser eigenes Ding. Wir kamen an Orte dieses Landes, da käme man von allein nicht drauf mal hinzufahren.

Aber auch auf den Hundeplätzen hatten wir viel Spaß. Du fandest schnell Freunde und warst auch immer bereit für kleine Streiche. Es war immer wieder lustig, wenn Du Christian erklärt hast, seine tollen Alufelgen wären nur Radkappen, und Du dann schnell das Weite suchen musstest...

Oder als Papa sich abends über den Nebel an einem lauen Sommerabend wunderte. Wir kannten den Grund: Dein Kumpel Erik und Du hatten die Shisha mitgenommen und angemacht...

Unser Wochenende in Dresden gefiel Dir gut. Du hattest Dich damit abgefunden, dass ich Schlösser und Burgen immer auch von drinnen anschauen musste. Wir teilten uns dann auf: Papa und Du besuchten die Rüstkammer und ich ging in die Gemäldegalerie. Ich wollte unbedingt die" Sixtinische Madonna" sehen, aber nachdem ich heimlich das „ Schokoladenmädchen" fotografiert hatte, hatte ich plötzlich einen Bodyguard...

Abends hatte ich Karten für die Semperoper besorgt. Ich dachte mir, so sehen wir das tolle Bauwerk von innen und ein bisschen Kultur schadet ja auch nicht. Nachdem der 1. Akt von „ Don Giovanni" begonnen hatte, waren Deine Ohren über die zum Handy mitgelieferten Ohrstöpsel mit eben diesem verbunden und Du hörtest Deine eigene Musik. Nachdem mich auch Papa genervt ansah, verpassten wir den 2.Akt und gingen lecker essen.

Nach diesem Disaster warst Du von meiner Idee zu Papas 40. ein Musical zu besuchen, nicht begeistert. Sophia hatte „ Den König der Löwen" schon mit ihrer Klasse gesehen, also fuhren wir 3 nach Hamburg. Ich hatte uns ein kleines Hotel am Stadtrand gesucht, mit angeschlossenem griechischen Restaurant. Im Netz sah alles toll aus, aber als wir gegen 14.30 Uhr eintrafen, öffnete uns die Chefin im Morgenmantel, mit zerzaustem Haar, als wäre sie gerade erst aufgestanden. So war es wohl auch, denn die Betten in unserem Zimmer waren noch zerwühlt. Es handelte sich um die schäbigste Absteige, die ich bis dahin gesehen habe. Du warst total entsetzt und wolltest auf keinen Fall dort schlafen. Wir fuhren erstmal in die Stadt, machten eine Stadtrundfahrt und besuchten dann den Hafen. Das versöhnte Dich fürs Erste.

Dann setzten wir mit dem Boot über und betraten das Theater. Du warst noch immer nicht begeistert von dem Gedanken- das Trauma der Oper, aber als sich über uns die ersten Tiere ins Publikum abseilten, warst Du verzückt: " Wäre ich blöd gewesen, wenn ich nicht mitgekommen wäre. "

Zurück im Hotel versuchten wir schnell einzuschlafen, wer weiß, wer in diesem Zimmer noch alles wohnte. Auf das Frühstück verzichteten wir dankend, aßen unsere mitgenommenen Brötchen vom Vortag und machten uns auf den Weg zur Ostsee, denn wenn man schon so weit oben ist, muss man das Meer wenigstens kurz riechen.

Auch an meinem 40. Geburtstag fuhren wir nach Hamburg. Diesmal gab`s ein Picknick an der Steilküste- im Dezember etwas ungemütlich, aber dafür hatten wir einen gut geheizten sehr gemütlichen Wohnwagen am „Stover Strand" direkt an der Elbe gemietet. Aus Fehlern lernt man...

Wenn Ihr Urlaubsvorschläge gemacht habt, sagte ich oft, dass wir da schon mal waren. Die Welt ist einfach zu groß, um immer wieder die gleichen Orte zu besuchen. Meist kam dann die Frage von Dir, wie alt Du da gewesen bist.

Wenn ich sagte 2 oder 3, dann hast Du die Augen verdreht und mit dem Kopf geschüttelt. Das vermisse ich so sehr.

Ich nahm mir mal ne kleine Auszeit und verwirklichte einen meiner Träume: Ich fuhr ein Stück des Saaleradweges. Für mich war es ein tolles, kleines Abenteuer, für Euch eine Erfahrung.

Phia war bei meiner Rückkehr völlig genervt: " Wie schaffst Du das alles? " und Du kamst angerannt: " Ich hab Dich so vermisst. Ich musste alles machen, was Du sonst machst! "

Deinen ersten Urlaub allein hattest Du dann nach Schulabschluss. Du fuhrst mit Deinen Kumpels mit dem Bus nach Spanien- Lloret de Mar. Das Geld, was Du gespart hattest, war schnell alle und es gab keine Beweisfotos- mehr kann ich dazu nicht sagen. Ihr kamt alle gesund wieder nach Hause, das war für mich die Hauptsache. Loslassen ist für eine Mutter wohl das Schwierigste.

Später fuhrt Ihr dann als 2 Pärchen an die Ostsee. Ihr hattet einen tollen Urlaub. Bei Euch Jungs sah man an den Urlaubsfotos ganz genau, dass Männer nie erwachsen werden. Dann hattest Du viele Jahre keinen Urlaub. Das Geld war immer knapp und mir tat das immer sehr leid. Umso mehr habe ich mich dann gefreut, als Du und Verena voriges Jahr an die Ostsee fuhrt. Abends seid Ihr dann, wie wir früher, immer zum Strand gewandert und habt den Sonnenuntergang bewundert. Nach dem Urlaub bekam Papa dann Deinen ersten Strafzettel...

Etwas später wart Ihr dann nochmal mit ihrer ganzen Familie in Kroatien. Du hast Dir ein nagelneues Schnorchelset geleistet und warst kaum aus dem Wasser zu bekommen.

Braun gebrannt und glücklich kamt Ihr nach Hause...

Aber Teenies sind auch nicht immer unkompliziert. Du brauchtest ganz dringend neue Schuhe. Also fuhr uns Dein Schwesterchen nach Erfurt, und wir klapperten die Läden ab.

Es musste ein ganz bestimmtes Modell sein, welches im Netz bereits ausverkauft war. Als Du plötzlich bemerktest, dass der Verkäufer genau diese Schuhe trug, wolltest Du seine Schuhgröße wissen- zum Glück passten sie nicht. Der arme Mann war sicher froh, als wir wieder weg waren.

Papa zog Deine Schuhe auch gern an. Da Deine Füße größer waren, konnte er bequem hineinschlüpfen, ohne sie zu öffnen. Das führte natürlich immer wieder zu Diskussionen: " Oh Papa, zieh die wieder aus. Weißt Du, wie teuer die waren? "

Wenn du dann seine Gummigartenschlappen anhattest, sagte er das Gleiche zu Dir...

Ich denke, bei Deinem Schuhtick waren zu viele weibliche Chromosomen im Spiel oder es war Papas Erbgut, denn mich interessieren die Dinger nicht besonders.

Ansonsten warst Du durch und durch ein Junge. Du hast immer alles hinterfragt, hast rebelliert, und wenn Du im Recht warst, diskutiert bis zum bitteren Ende.

Schule und Ausbildung- naja, muss ja:

Ich erinnere mich an Eure 1. Demo: Ihr wart noch in der Grundschule, habt Plakate bemalt und in der Stadt für den Erhalt Eures Jugendclubs demonstriert. Später folgten Demos gegen Hundeverordnungen und die bestehende Politik.

Wenn man jung ist, glaubt man, dass man die Welt verändern kann- schade, dass dieser Glaube bei Vielen verloren geht. Ich denke, einer der Punkte, die Dich verzweifeln ließen, war diese Erkenntnis- der Kampf gegen Windmühlen in einer Scheindemokratie.

Deine Schulzeit war nicht nur für Dich eine harte Zeit.

Du warst nicht dumm, sondern unglaublich faul, was uns wiederum ärgerte, denn gute Noten machen es einem im Leben viel leichter.

Durch Deine große Klappe machtest Du Dich auch nicht unbedingt beliebt.

So musste ich monatlich zum „ Stuhlkreis für die Eltern der bösen Kinder" , wie ich es nannte.

Wir bekamen dort immer mitgeteilt, was ihr wieder alles angestellt habt. Ich fragte dann mal, ob ich meinen Job jetzt aufgeben soll, mich in die letzte Reihe setzen und mein Kind ermahnen, wenn es stört? Ich dachte immer, das sei Aufgabe der Lehrer.

Die Sozialarbeiterin der Schule erklärte mir dann, dass Du ADHS hast und Ritalin nehmen müsstest. Das machte mich dann richtig wütend. " Ich gebe meinem Kind keine Drogen. Das sind hormongesteuerte Teenies, die ihre Grenzen austesten. Es ist meiner Meinung nach Aufgabe der Lehrer, sie ihnen zu zeigen. "

Das macht mich noch immer wütend. Einfach ruhigstellen, dann folgen die Schäfchen.

Ich denke ohnehin, dass unsere Bildungspolitik so ausgerichtet ist, dass die Schüler nicht zu viel lernen oder gar kritisch hinterfragen sollen. Ein dummes Volk regiert sich leichter.

Wie einige Lehrer über Euch dachten, zeigte zum Beispiel die Aussage in Eurer Hauptschulklasse: " Aus Euch wird sowieso nichts! "

Wie sollen da Schüler Respekt vor dem Lehrer haben?

Du hast dann eine Ausbildung zum Sozialbetreuer begonnen, wolltest Kindergärtner werden. Von Vielen wurde das belächelt, wir fanden es toll. In diesem Beruf gibt es viel zu wenig Männer und Deine kleinen Cousinen und Cousins hattest Du immer prima im Griff.

Die Einsätze in der Praxis machten Dir viel Freude, egal, ob im Kindergarten oder Pflegeheim, da hast Du alles gegeben und wurdest auch meistens mit der Note Eins belohnt. Die Schule hingegen war für Dich weiterhin Nebensache, was sich dann bei der Abschlussprüfung bitter rächte.

Du wolltest diese auch nicht wiederholen und warst der Meinung, Du bräuchtest erstmal eine Auszeit, um herauszufinden, was Du machen möchtest.

Wir waren ja immer sehr verständnisvoll, aber dafür hatten wir kein Verständnis. Also suchtest Du Dir eine Arbeit, zunächst über eine Zeitarbeitsfirma.

Die Arbeit war hart. 3- Schichten am Kessel. Deine Hände waren trotz Handschuhen voller Brandblasen und dann offen.

Aber Du gingst immer wieder hin, sodass Du nach 4 Monaten von der Firma übernommen wurdest und entsprechend mehr Lohn bekamst.

Nach einer Weile kamst Du nach Hause und sagtest zu mir: " Mama, so eine Arbeit möchte ich nie wieder machen müssen. Ich beginne eine Ausbildung! "

Du hattest endlich Deinen Weg gefunden.

Die Ausbildung machte Dir Spaß, Du wurdest gefordert und auch in der Schule funktionierte alles gut. Wenn Du „ nur" eine 2 bekommen hast, hast Du Dich furchtbar geärgert, und wenn ich dann schmunzeln musste, warst Du irritiert. Nie hätte ich geglaubt, dass Du mal so ein Streber werden würdest. Aber Du hattest ehrgeizige Pläne. Nach dem erfolgreichen Abschluss wolltest Du Deinen Meister machen und wenn Du genug zusammengespart hast, Dein Bungalowhaus bauen. Du saßt dann am Laptop und hast alles komplett durchgeplant. Papa schmunzelte dann immer, aber ich war glücklich, wenn Du Pläne geschmiedet hast.

Deine Gesellenprüfung hast Du erfolgreich bestanden, nur an der Gesellenfreisprechung konnten wir nun nicht teilnehmen.

Voriges Jahr hast Du mir, während einer Deiner traurigen Phasen erklärt: " Mama, das Einzige, was mich im Moment am Leben hält ist, dass die mich auf Arbeit brauchen. "

Ich versuchte mein Entsetzen zu verbergen und Dich auf positive Gedanken zu bringen.

Du hast Deine Arbeit sehr geliebt und bekamst dort auch sehr viel Anerkennung. Stolz brachtest Du Deine gebauten Teile mit: Ein Tisch für mich- mit viel zu kleinen Füßen, aber ich habe mich so sehr darüber gefreut. Als Du bemerktest, daß er auf der Terrasse keinen festen Stand hat , meintest Du nur: "Mutter, da schweiß ich Dir nochmal größere drunter. " - Nun bleibt er so.

Deine Sonnenuhr wollte ich nicht dem Wetter aussetzen, also kam sie auch auf die Terrasse und wird regelmäßig poliert. Du hast Stunden damit verbracht, das Metall zum glänzen zu bringen. Ganz im Gegenteil zu den Gartensteckern, die extra verrosten sollten. Du hast sie immer wieder rausgelegt und nass gemacht, damit es schneller geht. Auf meine Frage, ob ich die nochmal streichen soll, hast Du nur die Augen verleiert und bist kopfschüttelnd weitergegangen.

Arbeiten war dann schon eher Dein Ding:

An einem Donnerstag kamst Du mit dem Firmenauto vorgefahren, ganz geheimnisvoll. Du hattest Paletten mitgebracht, weil ich so gerne Palettenmöbel für die Terrasse bauen wollte. Papa fand die Idee doof, also versteckten wir sie erstmal im Holzschuppen.

Als er sie bemerkte, stellte er erfreut fest: " Du hast ja Brennholz mitgebracht. "

Doch bevor er sie zersägen konnte, hatten wir die Sitzecke fertig, und er fand den „ Sperrmüll" eigentlich ganz gemütlich. Abends wurde dort oft gefachsimpelt und noch eine „ geschnüdelt" .

Als wir Phia voriges Jahr zu ihrem Geburtstag bei Ihrem „ Versicherungsfraulehrgang" überraschten, kamst Du hinterher, weil Du noch arbeiten musstest.

Wir saßen im Restaurant des 4- Sterne- Hotels, als Du eintrafst- saudreckig und in Arbeitssachen. Die kleine Frau freute sich riesig, dass Du es geschafft hast, und die Leute in Ihren Maßanzügen sahen Dich ungläubig an. Dir war das egal. Du begannst zu essen, sahst Dich dann um und stelltest fest: " Alle zu faul zum Arbeiten. " Wir mussten so lachen.

Richtige Männerarbeit hat Dir am besten gefallen:

Ich denke da zum Beispiel an unsere Baumfällaktionen-Nachdem ich den ersten Baum so sehr in Schwingungen versetzt hatte, dass er fast aufs Nachbarhaus gefallen wäre, hatte ich die Nase voll.

Dir machte das immer riesigen Spaß und Du hast Dich darauf gefreut, das Holz zu hacken.

Wenn Du da warst, warst Du im Winter unsere „ Schneefräse" . Ich hab da auch noch 2 Gutscheine gefunden: Einer war für mich- " Einmal helfen im Haushalt" , der andere für Papa- " Einmal Schnee schippen" .

Im Sommer hast Du Rasen gemäht, aber immer nur hinten. Vorne waren zu viele Hindernisse, das war dann mein Bereich.

Hausmeistertätigkeiten hast Du übernommen. Da wurde die Mischbatterie gewechselt, die Schublade in der Küche repariert, der Handtuchhalter wieder befestigt, der Ofen bekam eine maß-geschneiderte Unterlage und Du warst ein kleiner Meister im Um-bau Deines Zimmers.

Als Ihr klein wart, machten wir aus dem Zimmer 2 kleine Zim-mer- für jeden eins, obwohl das eigentlich Unsinn war, da Ihr oh-nehin immer beim jeweils anderen wart.

Diese Zimmer wurden dann nach dem entsprechenden Ge-schmack immer wieder umgebaut. Das krasseste war allerdings Deine schwarz- weiß- karierte Phase. Angefangen beim Fußbo-den, über die Gardinen, den Sitzsack, das Bett-eigentlich alles war im Schachbrettmuster. Mir wurde darin immer schwindelig.

Nachdem Deine Schwester ihre 1. Wohnung bezog, kam die Trennwand wieder raus und das Zimmer wurde erneut umge-baut.

Deine Schwester zog oft um, und Du warst immer ein zuverlässi-ger Umzugshelfer.

Wenn ich Dich schon mal vorbereiten wollte und sagte: " Ich glaub, es ist wieder soweit. ", hast Du die Augen verdreht und gesagt: " Oh, nein- nicht schon wieder! " und hast dann trotzdem wieder mitgemacht.

Auch Du hattest zwischendurch eine eigene Wohnung. Du bist in eine WG mit Erik gezogen.

Es wurde gemalert, Laminat verlegt und alles gemütlich eingerichtet. Ihr hattet eine nagelneue Küche, die wahrscheinlich aber nur als Ablage für Pizzaflyer genutzt wurde. Das Ganze funktionierte aber nur 2 Monate, da fragtest Du, ob Du wieder nach Hause kommen kannst. Erik war mit seiner Freundin ausgezogen, und allein konntest Du die Miete nicht zahlen. Wir scherzten dann nur, dass wir Dein Zimmer nicht schnell genug umgebaut haben. Eigentlich sollte es, wenn Ihr mal groß seid, unser Schlafzimmer werden, aber wir warteten mit dem Umbau lieber erstmal, wie sich alles entwickelt, denn auch Deine Schwester kam zwischendurch wieder nach Hause. Wir waren froh, Euch wenigstens in dieser Hinsicht unterstützen zu können.

Während eines unserer vielen Gespräche fragte ich Dich mal, ob Ihr denn Eure Kindheit in guter Erinnerung habt.

Da hast Du mich gedrückt und gesagt: " Ihr habt immer alles für uns gemacht. Wenn ich mal Kinder habe, möchte ich auch, dass sie in einem Häuschen mit Garten aufwachsen können. "

Ich sagte dann: " Aber wir konnten Euch nicht immer alles kaufen, was Eure Freunde bekommen haben. "

Du antwortetest: " Wir hatten immer alles, was wir brauchten. Ihr seid tolle Eltern. "

Die Umbaumaßnahmen beschränkten sich allerdings nicht nur auf Dein Zimmer. Auch unser Schuppen war ein beliebtes Objekt.

Als Papa seinen 2. Frühling hatte und wieder anfing Cross zu fahren, dauerte es nicht lange, da hattet Ihr meine Gartenutensilien ausgelagert und den Schuppen als Fahrerlager okkupiert. Es wurde geschraubt und getüftelt, zwischendurch gechillt.

Nach der Motorradphase räumten wir den ganzen anderen Krempel wieder ein. Doch eines Tages kamst Du mit der Idee nach Hause, Dir eine Werkstatt einzurichten.

Wer Dich kannte, weiß genau, dass solche Pläne auch sofort umgesetzt werden mussten. Also kam alles wieder raus. Ich baute ein paar Regale in den alten Hundezwinger, und Ihr habt alles in Windeseile ausgeräumt.

Diese Gene hattest Du wohl von mir. Wenn ich eine Idee hab, setze ich sie auch sofort um.

Wir haben immer versucht, alles, was Du als negativ und somit unüberwindlich angesehen hast, in was Positives zu wandeln. Ich dachte immer, dass ich Euch vermitteln konnte, dass es im Leben immer weitergeht. Wir bekamen viele Breitseiten, überstanden aber alles, denn wenn man zusammen hält und füreinander da ist, schafft man alles.

Verluste:

Du konntest mit Verlusten nicht umgehen. Als Dein „Bruder" Yang starb, war das ein sehr einschneidendes Erlebnis für Dich. Wir hatten ihn alle sehr lieb, er war ein Familienmitglied, aber für Dich war er noch mehr-wahrscheinlich, weil Ihr zusammen aufgewachsen seid.

Sein vollgesabbertes Kuscheltier durfte ich nicht entsorgen.

Das nahmst Du immer mit ins Bett und hast es noch immer in Deinem Zimmer.

Als Oma Friedel und kurze Zeit später Opa Walter starben, zeigtest Du ein sehr merkwürdiges Verhalten. Ich versuchte es Dir damals kindgerecht zu erklären, Du hast kurz genickt und dann weitergespielt. Ich dachte mir gut, das ist vielleicht eine Schutzfunktion des Körpers, um die kleine Kinderseele nicht so sehr zu belasten. Ein halbes Jahr später kam ich in Dein Zimmer. Du weintest bitterlich. Ich fragte, was denn passiert ist, da antwortetest Du: " Da sehe ich Oma und Opa jetzt nie mehr wieder? "

Bei Opa Ede war es anders. Nachdem er gestorben war, betraten wir sein Haus nicht mehr. Denn dann war er für uns noch da, wir hatten ihn nur lange nicht besucht. Neujahr warst Du dann trotzdem immer traurig, denn der Besuch zu seinem Geburtstag fehlte nicht nur Dir.

Traditionen:

Traditionen waren für Dich immer sehr wichtig.

Silvester gab es immer Raclette und Fondue, wir mussten Blei gießen, um die Zukunft deuten zu können, und es gab Linsensuppe. Eine der wenigen Suppen, die Du toleriert hast, ansonsten hast Du Suppen immer als Getränk abgestempelt. Du kamst mal von der Arbeit und standest in der Küche, als ich nach Hause kam. Auf die Frage, was Du da machst, antwortetest Du: " Ich veredle die Suppe. Du hast die Würstchen vergessen! "

Das Feuerwerk um Mitternacht betrachteten wir immer von den Wiesen aus. Bei schönem Wetter hat man von hier aus einen tollen Ausblick über ganz Suhl. Wir nahmen Sekt und Kindersekt und ein paar Raketen mit und machten es uns gemütlich. Einmal hatten wir auch einen Wunschballon dabei. Ich fand diese asiatische Tradition sehr schön. Also flüsterten wir alle unsere Wünsche hinein und ließen ihn steigen. Der Brennkörper löste sich ab und sauste nach unten, da wurde Dein Papa sehr schnell, denn er musste ja löschen.

Deine Schwester war Silvester auch zum ersten Mal betrunken. Sie fiel aus der Dusche, legte sich dann ins Bett und erbrach erst in den bereitgestellten Eimer, dann in ihren Reiterhelm.

Im Folgejahr holten wir sie dann alle drei zusammen vom Bus ab. Sie hatte mit Freunden gefeiert. Vorsorglich hatten wir ihr auch den Reiterhelm mitgebracht, was sie nicht lustig fand, wir aber umso mehr.

Als auch Du dann soweit warst, selbst mit Deinen Freunden zu feiern, gab`s bei uns das Silvestermenü und dann zogt Ihr los. In einem Jahr hattest Du ein Knalltrauma, im nächsten hatte Dich eine Feuerwerksbatterie beschossen, und Du fragtest mich, ob ich die Brandflecken aus Deiner Lieblingshose wieder heraus bekomme.

Oft hast Du mir auch nur Fotos Deiner Gliedmaßen geschickt, und ich sollte eine Ferndiagnose stellen.

In der Notaufnahme kannte man Dich gut, und ich begann nachts mein Handy mit ans Bett zu nehmen.

So bekam ich an einem Sonntagmorgen Anfang Dezember einen Anruf aus der Kinderklinik. Du warst 17 und lagst im Bärchenzimmer- eigentlich die gerechte Strafe für so viel Unvernunft.

Du wolltest mit Deiner damaligen Freundin in einen Club zum Feiern gehen, und dann bei ihr übernachten. Das war mein Wissensstand.

Ihr hingegen habt Euch dort gestritten, und Du warst der Meinung, dann laufe ich schon mal nach Hause- ohne Jacke, ca.20 km, auf einer kaum befahrenen Landstraße, durch den Schnee. Irgendwann hast Du Dich dann an den Rand gelegt und bist eingeschlafen. Ein zufällig vorbeifahrender Krankenwagen gabelte Dich auf und brachte Dich völlig unterkühlt ins Krankenhaus.

Von uns bekamst Du erst eine Standpauke, dann wurdest Du geknuddelt, denn das hätte fürchterlich schiefgehen können, und zu Weihnachten eine Warnweste.

Heute glaube ich, dass das der Beginn war. Du hast angefangen, mit Deinem Leben zu spielen und hast es dem Schicksal überlassen, über Dich zu entscheiden.

Das Leben ging weiter. Auch beim Essen musste ich mich an die Tradition halten. Wenn ich mal was Neues ausprobiert habe, hast Du immer die Augen verdreht und gesagt: " Mutter, wenn was schmeckt, muss man nichts dran ändern! "

Mit Schnitzel konnte ich Dich immer prima nach Hause locken.

Heiligabend gab es immer Roulladen, Rotkraut und Klöße. Deine Aussage: " Wir wollen doch nichts an unseren Traditionen ändern! "

Weihnachten war für Dich immer was ganz Besonderes.

Selbst, als Du erwachsen warst, hast Du Dich darauf gefreut, wie ein kleines Kind.

Wir holten immer einen großen Schinken, und damit dieser nicht schon vor den Feiertagen alle war, kaufte ich immer einen „ Fake-schinken" , den ich dann immer so versteckte, dass Du ihn finden konntest. Du hast ihn dann immer verkostet und Dich gefreut, dass Du mich ausgetrickst hast. Ich vermisse Dein spitzbübisches Lachen so sehr. Jedes Jahr warst Du dann wieder erstaunt dar-über, woher ich den eigentlichen Schinken hatte.

Wenn es an der Zeit war, Weihnachtskekse zu backen, habt Ihr, als Ihr klein wart, immer fleißig mitgemacht. Wir bauten Hexen-häuschen und auch für die Hunde wurden extra Knochen geba-cken, die sie dann zur Bescherung bekamen. Als Du größer warst, schlichst Du Dich dann immer, mit einer Tasse Milch bewaffnet, an mir vorbei zu den fertigen Keksen und hast alle durchprobiert. Schon allein für diesen Anblick hat sich die viele Arbeit jedes Jahr wieder gelohnt.

Auch mit 22 wolltest Du einen Adventskalender, also bastelte ich. Mal einen aus Minions, mal dekorierte ich Umschläge, mal be-füllte ich Socken.

Am Heiligabend machten wir immer traditionell erst einen Weih-nachtsspaziergang. Als Ihr klein wart, zog Yang Euch mit dem Schlitten. Danach zogen sich alle schick an, denn der Weihnachts-mann war zwischenzeitlich in unserem Wohnzimmer gewesen und hatte viele Geschenke gebracht. Du wolltest immer ganz viel auspacken- egal, was drin war. Du hast Dich immer so toll über Kleinigkeiten gefreut.

Voriges Jahr zum Beispiel: Opi hatte in seinem Wohnzimmer immer ein Foto von sich hängen. Er war junger Soldat. Das wolltest Du unbedingt haben. Also überwand ich mich, Opis Häuschen doch mal wieder zu betreten und ich suchte mit Gitti nach dem Bild.

Ich fotografierte es ab, bearbeitete es und Du bekamst es gerahmt zu Weihnachten. Deine Aussage: " Das ist mein schönstes Weihnachtsgeschenk! "

Oft feierten auch Freunde von Euch, die sonst zu Weihnachten allein gewesen wären, mit uns zusammen. Das ist der Sinn des Festes, und nicht die Gier...

Wenn ich gefragt wurde, ob wir den Stress gut überstanden haben, wusste ich nicht, was die Leute damit meinen. Den Stress macht sich doch jeder selbst. Bei uns war es immer lustig und gemütlich.

Als Deine Schwester Heiligabend in der Tanke arbeiten musste, feierten wir mit ihr dort. Nachdem sie ausgezogen war, feierten wir als Patchworkfamilie mit ihrem Freund und seinen Geschwistern mal bei uns und mal bei ihnen.

Als sie in Chemnitz wohnte, suchten wir uns ein gemütliches kleines Häuschen im Erzgebirge, und konnten so auch zusammen sein.

Gern erinnere ich mich auch an unser Weihnachtsfest im Riesengebirge. Wir hatten dort ein Haus gemietet- im Wohnzimmer befanden sich ein Kamin und eine Tischtennisplatte. Abends konnten wir in die Sauna gehen.

Auf dem Markt kauften wir einen kleinen Weihnachtsbaum, den wir mit essbarem Baumbehang schmückten.

Beim Spaziergang verpassten wir die letzte Seilbahn und mussten die komplette Strecke ins Tal laufen. Das war aber keine Strafe, es war, wie im Märchen. Strahlend blauer Himmel, die verschneite Landschaft, es fehlte eigentlich nur noch ein Reh, was zwischen den kleinen Bäumchen hervorkam.

Ähnlich wichtig war für Dich das Osterfest. Als Ihr klein wart, wurden die Osternester immer dann gesucht, wenn schönes Wetter war, manchmal auch drinnen. Du sagtest mal, dass Du Dir wünschen würdest, dass man die Weihnachtsgeschenke auch suchen muss.

Wir unternahmen dann immer Ausflüge in Freizeitparks oder Zoos, abends ging`s zum Osterfeuer oder wir machten im Garten selber eins.

Auch als Du erwachsen warst, wolltest Du Osternester suchen. Da es viele waren, gestaltete sich die Suche schwierig. Ich hatte zwischenzeitlich vergessen, wo ich überall was hingelegt hatte. Aber im vergangenen Jahr habt Ihr unter der Sitzecke ein Postpäckchen gefunden, von dem ich dachte, es wurde nie zugestellt.

Deinen 18. Geburtstag feierten wir mit einem sogenannten" Familienwochenende" . Wir mieteten mehrere Finnhütten mit Partyraum. Die Kinder konnten im Garten toben, es gab ein leckeres Büffet und Mitternacht ein kleines Feuerwerk mit Ständchen. Du und Deine Freunde feierten dann bei uns weiter-überall lagen am anderen Morgen Leute rum. Nach dem gemeinsamen Frühstück wurde dann aufgeräumt. Das fand ich immer Klasse. Egal, wie lange Ihr gefeiert habt, Ihr habt auch immer alle zusammen Ordnung gemacht.

Dieses Jahr werden wir beide 50 und hatten wieder so ein Fest geplant- diesmal in einem alten Ferienlager mit Freibad und Blockhütten. In unserem Kleeblatt fehlt nun ein Blatt, also haben wir es abgesagt. Ohne Dich geht es einfach nicht.

Deine Hobbys:

Du hattest immer so viele verschiedene Hobbys- ein Hansdampf in allen Gassen...

Wie verrückt bist Du mit dem kleinen BMX- Rad durch den Wald gefahren- später dann mit dem Minimoped. Wenn Du davon was „ repariert" hast, blieben eigenartigerweise Teile übrig, was mich immer stutzig machte.

Eine Zeit lang fuhr ich Dich zum „ JuJutsu" . Ich fand die Trainingseinheiten immer toll, denn Ihr habt dort nicht nur Körperbeherrschung, sondern auch Disziplin und Konzentration erlernt. Leider gab es dann irgendwann keinen Gegner in Deiner Altersklasse und Du begannst, Fußball zu spielen. Das ist ein Sport, der mich überhaupt nicht interessiert, aber sonntags saßen wir trotzdem da und feuerten Dich an. Immer wieder hast Du Dich dabei verletzt, und Dein Arm musste mehrfach geröntgt werden. Wir scherzten dann, dass er nie gebrochen ist, aber irgendwann durch die Röntgenstrahlung abfallen wird.

Zum Geburtstag bekamst Du dann Karten für ein Schalke-Spiel. Mit Papa machtest Du Dich auf den Weg ins Stadion-Nordkurve. Es muss ein tolles Erlebnis gewesen sein, denn selbst Papa war hin und weg.

Beim Training waren dann auch mal Leute von Rot- Weiß- Erfurt, die auf Talentsuche waren. Sie boten Dir an, dort aufs Internat zu gehen. Wir haben hin- und her gerechnet,aber 600, -€ monatlich, das war einfach zu viel. Es tat mir so leid, aber Du warst, wie immer sehr verständnisvoll. Wir hätten Dir diese Chance so gern gegeben.

Nebenbei fuhrst Du Skateboard. Immer wieder waren Deine Schuhe kaputt und ich war davon irgendwann ziemlich genervt. Trotzdem fuhr ich Euch in die Skaterhalle. Oft sahen wir Euch zuteils mit Bewunderung- oft mit Angst.

Als Ihr mal alleine mit dem Zug nach Mühlhausen gefahren seid, wurde ich abends kribbelig, weil Ihr nicht nach Hause kamt. Ihr wart in den falschen Zug gestiegen.

Den Orientierungssinn hattest Du also auch von mir?

Im Winter fuhrt Ihr Snowboard- entweder in Oberhof oder im Garten, wo überall Schneehaufen zu Rampen umgebaut wurden.

Beim alljährlichen Besuch der Walpurgisnacht, traten die„ Aberlours" auf. Nachdem wir in der ersten Reihe ausharren mussten und Du einen Drumstick ergattert hattest, folgten wir ihnen zu den Konzerten, wie Groupies.

In Erfurt hatten wir erstmal einen kleinen Unfall. Ich war total aufgebracht, aber Deiner Vorfreude auf das Konzert tat das keinen Abbruch.

Später wurde dann ein kleines Tonstudio in Dein Zimmer gebaut. In der Kabine war es sehr stickig und warm, aber Ihr nahmt Eure ersten Rapversuche tapfer auf.

Zusätzlich gingst Du fast jeden Tag in die „ Muckibude" .

Ich war erstaunt, wie sich Dein Körper veränderte. Du zeigtest mir oft Bilder Deiner Idole und es begannen Diskussionen darüber, ob das nun wirklich erstrebenswert sei. Ich finde durchtrainierte Körper gut, aber das war einfach ekelig.

Als diese Phase vorbei war, habt Ihr mir gebeichtet, dass die Muskeln nicht nur durch Training und Ernährung wuchsen. Da war Testo im Spiel und das machte mich sehr wütend. So, wie Du mir oft lange Vorträge über Ernährung gehalten hast, erklärte ich Dir, welchen Schaden Hormone in heranwachsenden Körpern anrichten können.

Am wirksamsten war, glaube ich, meine Aussage: " Das macht kleine Eier. " Einige Zeit später kamst Du mal zu mir, und fragtest: " Meinst Du, dass ich da jetzt unfruchtbar sein kann? "

Eine weitere Leidenschaft war der Besuch von „ Lost Places". Ihr fuhrt in alte Kliniken, machtet Bunkertouren, wart unter Tage, und ich hatte immer ein mulmiges Gefühl, was dazu führte, dass Ihr es mir oft erst später erzählt habt.

Ungefährlicher war da die Entdeckung des Selfiesticks, mit welchem dann jeder in jeder Situation aufgenommen wurde. Experimente mit „ Snapchat "führte zu lustigen Fotos und Videos- ich bin so froh, daß ich die noch alle habe.

Wir hatten auch mal einen lustigen Abend, als wir „ Siri" mit unmöglichen Fragen nervten.

Manch technische Neuerung führte allerdings auch zu Missverständnissen: Ich bügelte und Du warst in Deinem Zimmer und spieltest mit der „ Playstation".Du hast die ganze Zeit geredet und plötzlich gerufen: " Dann kauf ich mir eben noch einen Golf! " Also klopfte ich, und fragte erstaunt, wozu Du noch ein Auto brauchst? Da hast Du wieder die Augen verdreht und mir erklärt, dass Du ein Spiel mit anderen zusammen spielst...

Ja, Dein 1. Autokauf- da hast Du Dich ganz schön übers Ohr hauen lassen. Trotzdem hast Du Dein Geld immer wieder in die Sanierung gesteckt.

Nach einem Streit mit Deiner damaligen Freundin warst Du nachts dann der Meinung, Du fährst nochmal hin. Dabei hattest Du aber verdrängt, dass Du keinen Führerschein hattest und auch das Auto nicht zugelassen war, mal abgesehen von dem Fahrersitz, den Du nur reingestellt hattest.

Wir bekamen davon nichts mit, aber Lauras Mama rief uns am nächsten Morgen an und erzählte, was passiert war.

Du lagst friedlich in Deinem Bett, nachdem Du das Auto am Flugplatz „ geparkt" hattest.

Sonntags einen Anhänger zu leihen, war nicht so einfach- unser lieber Arnd transportierte das Auto dann in unseren Garten. Du hattest so viele Schutzengel...

Als Du wach wurdest, hast Du Dich fürchterlich darüber aufgeregt, warum Dein Auto hier steht. Das war doch in der Garage.

Daraufhin erklärten wir Dir, was geschehen war, und dass Du nicht in der Position warst, zu diskutieren, sondern dass es da eine Menge Leute gab, bei denen Du Dich entschuldigen und bedanken musstest! "

Das Auto wurde mit großem Verlust verkauft und dafür wurde ein Moped angeschafft. Mit viel Liebe wurde es aufgemotzt.

Heidi:

Dann war es endlich soweit: Nach mehreren Fehlschlägen hattest Du endlich Deinen Führerschein!

„ Heidi" kam in Dein Leben- ein schwarzer 3- er Golf, dem Du von da an Deine ganze Energie widmetest. Er wurde umgebaut, lackiert, stundenlang gewaschen und poliert und natürlich gefahren.

Ihr traft Euch alle zum chillen bei Sonnenuntergang, habt den ganzen Tag in Meiningen in der Halle getüftelt oder wart auf Tuningtreffen unterwegs. Ich weiß noch, als wir Euch in Neuhaus überraschten und Du Angst hattest, dass Papa mit unserem StiNo Caddy aufs Gelände fährt.

Er antwortete nur:" Wieso, ich wäre schon draufgekommen. Ich hätte einfach behauptet, er hat Chiptuning! "

Oder bei „ Tief im Wald" - da sollte ich Dir abends noch Dein Sourkrauts- Sweatshirt vorbeibringen. Da erklärte Papa, ich solle nicht direkt vor den Eingang fahren, weil sich sonst wieder Menschentrauben um unser Auto bilden...

Du hattest auch einen kleinen Unfall. Du kamst nach Hause und warst tieftraurig. Auf meine Frage, ob Dir was passiert ist: " Nein, aber mein Auto! " Ich antwortete, dass das doch nur Blech ist, was man reparieren kann und vergewisserte mich, dass es Dir gut geht.

Für Dich war es aber eben nicht nur Blech- es war Deine Leidenschaft, Dein ganzer Stolz. So warst Du nicht besonders erfreut, dass Deine Freunde Heidi an Deinem 20. Geburtstag dekorierten.

Im Winter kam sie in die Halle, und es wurden „ Winterautos" gekauft.

Sowas kannte ich nicht. Wir hatten immer nur ein Auto, und das musste fahren. Dein Papa war quasi Stammgast in der Zulassungsstelle, da die Versicherung für Dich als Fahranfänger zu teuer gewesen wäre. Deine Schwester hatte da mehr Verständnis. Ich weiß nicht, von wem Ihr diese „ Automacke" geerbt habt.

Euren Fachgesprächen konnte ich immer nicht so richtig folgen, aber ich hörte trotzdem aufmerksam zu.

Einen Winter fuhrst Du einen BMW. Der wurde in Eurem Freundeskreis immer wieder getauscht, und jeder schrieb was drauf.

Ich durfte auch und schrieb: " Mache sachte, Meiner- Deine Mudder! "

Als Du mich mit dem kleinen Subaru mitnahmst, bemerkte ich den Benzingeruch, aber Du warst da ganz cool: " Ja, da ist irgendwas undicht, deshalb habe ich ja auch die Fenster auf. "

Der erste Schnee war für Euch das allergrößte. Auf nach Oberhof und erstmal driften. Manchmal machtet Ihr auch was Sinnvolles und habt Lkw´s rausgezogen. Die waren froh, dass sie weiterkamen und Ihr habt Euch über die Stärke Eurer Autos gefreut.

Als ich aber das Video mit dem Schlitten am Auto und Dir darauf sah, war mir schon schlecht. Aber Ihr hattet offensichtlich riesigen Spaß an diesen halsbrecherischen Aktionen.

Traurige Phasen:

Aber zwischendurch hattest Du trotz alledem immer wieder traurige Phasen.

So kam in einer Samstagnacht eine Nachricht: " Mama, holst Du mich? Ich will aber nicht reden. "

Ich schrieb zurück: " Zwergilein, wo bist Du? Ich komme! "

Also zog ich schnell eine Jacke über meinen Schlafanzug und raste los- voller Angst. Ich stellte das Auto am Ortsende ab und rannte den Waldweg entlang. Ich rief und suchte Dich. Beim 3. Teich kam endlich eine Nachricht von Dir: " Bin am Auto"

Ich rannte zurück, da sah ich Dich- zusammengerollt und tieftraurig. Ich drückte Dich, hielt mich jedoch an die Anweisung nicht zu sprechen. Schweigend fuhren wir nach Hause und Du gingst ins Bett.

Ein paar Wochen später bekam ich einen Anruf Deiner Schwester: " Jonas sollte Max im Gewerbegebiet absetzen... " -Wir wussten, was das bedeutet und machten uns fertig: Papa fuhr mit dem Auto los, ich rannte in Richtung der Teiche, und Phia und Flori fuhren zum Gewerbegebiet. Kurze Zeit darauf hatte Jonas Dich gefunden und heimgebracht. Du hast dann wieder alles heruntergespielt: " Hey, ist doch alles gut. Was macht Ihr denn für einen Aufriss. Ich wollte doch nur kurz allein sein und nachdenken. " Ich wusste, dass Du geschauspielert hast, denn Du hattest schreckliche Angst davor, dass wir Dich wieder in die Klinik bringen. Wir waren froh, dass Du wieder da warst, und legten Dich ins Bett.

Manchmal kamst Du mitten in der Nacht ins Schlafzimmer, gabst uns beiden ein Küsschen und erklärtest uns, dass Du uns liebhast.

Oder Du kamst herein, und fragtest, ob wir reden können. Ich zog dann meine Kuschelstrickjacke an und setzte mich mit Dir auf die Terrasse. Nachts um 2 versuchten wir dann die Welt zu retten, aber das war egal. Wann immer Du bereit warst, mir Deine Probleme zu erzählen, war ich da- egal, ob ich in der Badewanne langsam schrumpelig wurde oder das Essen in der Küche vergaß.

Heute bin ich sehr froh darüber, dass ich mir die Zeit genommen habe...

Das Schlimmste, was Dir passieren konnte:

Im August des vergangenen Jahres nahm das Unheil seinen Lauf. Du wohntest schon eine ganze Weile bei Verena. Ihr wolltet zusammen zum Schwimmbadfest, also fuhr ich Euch hin. Gegen Ende der Veranstaltung hatte Verenas Freundin Stress mit einem Typen, also bist Du eingeschritten. Sie zogen Dich weg und setzten Euch in ein Taxi. Zuhause angekommen, legte sich Verena schlafen. Du gingst noch eine Runde mit dem Hund und sahst dann das Auto...

Gegen 4 klingelte mein Handy: " Mama, kannst Du bitte in die Notaufnahme kommen? Ich erklär Dir dann alles. "

Schlaftrunken und völlig panisch zugleich zog ich was an und raste los. In meinem Kopf wirbelte alles durcheinander. Ich sah Dich blutüberströmt vor meinen Augen. Aber was ich fand, war ein Häufchen Unglück, dass mit hängendem Kopf auf die Blutentnahme wartete.

Du warst nochmal losgefahren, zurück zum Schwimmbad. Dort wurdest Du angehalten und kontrolliert. Das Ergebnis 1,6 Promille, und ab diesem Moment warst Du schlagartig nüchtern, denn Du wusstest, was das bedeutete. Vielleicht nicht ganz, denn mir erklärtest Du zwischendurch: " Aber ich bin doch nur durch den Wald gefahren. Ich war angeschnallt und Bruno war auch angeschnallt. "

So richtig begriffen hast Du es erst an den folgenden Tagen.

Alles mit Bus und Bahn zu bewältigen, war nicht so bequem, wie mit dem Auto, aber Strafe muss sein. Deine Freunde chauffierten Dich oft, und wenn ich Dich fuhr, erzähltest Du mir immer, wie peinlich Dir das ist. Ich beschwichtigte Dich dann und sagte, dass wir die Zeit auch rumkriegen.

Zur Arbeit fuhrst Du oft mit Böni. Er sagte, dass Ihr oft die ganze Fahrt nicht geredet habt, und Euch dann erst in der Firma begrüßt habt. Er dachte, Du warst vielleicht feiern- von Deinen Albträumen wusste er nichts.

Du hattest eine perfekte Fassade aufgebaut. Ich hingegen hatte begonnen, Dich zu kontrollieren, denn die traurigen Phasen wurden immer häufiger. Ich überprüfte ständig, wann Du online warst, Deinen Statusspruch und Deine Posts. Du bemerktest es nicht, aber meine Kollegen...

Ich hatte immer Angst, zu verpassen, was Du gerade fühlst und wollte für Dich da sein.

Ein Bild hast Du immer wieder gepostet, und es früh wieder gelöscht, dabei hatte ich schon längst einen Screenshot gemacht: Da steht ein mächtiger Baum- auf der einen Seite scheint die Sonne und ein Mädchen schaukelt. Auf der anderen Seite hängt ein Junge- im Dunkeln.

Ich war erschrocken und las darunter Deinen Text:

" Im Meer von Schmerzen lernen die meisten zu schwimmen, andere ertrinken, ohne dass es jemand besser weiß, was gut für sie ist... " Ich war so machtlos.

Das Leben ging weiter. Am Reformationstag machten wir gerade einen Waldspaziergang. Da klingelte mein Handy: Du fragtest, wo wir gerade sind. Ich versuchte, die Stelle zu beschreiben und fragte dann warum Du das wissen willst.

" Könnt Ihr mir beim Umzug helfen? " tönte es leise aus dem Handy. " Natürlich, wir gehen zurück zum Auto. "

Papa machte das Auto leer und wir begannen zu packen. Als Deine Freunde plötzlich komplett versammelt waren, um Dir zu helfen, warst Du platt. " Mama, ich habe solange nichts mit denen unternommen, und trotzdem sind sie alle da. "

Ich erklärte Dir, dass das wahre Freundschaft ist. Man muss sich nicht jeden Tag sehen, aber immer aufeinander verlassen können. Das ist heute leider sehr selten und solche Freundschaften muss man pflegen.

Dann wohntest Du erstmal wieder bei uns. Du warst viel ordentlicher, als früher.

Nur an Deiner Heidi machtest Du nicht weiter, als ich fragte, warum, sagtest Du mir, dass Du sie ja sowieso nicht fahren kannst...

Der Rest funktionierte ganz gut. Du gingst zur Arbeit, unternahmst was mit Deinen Freunden und lerntest auch wieder ein Mädchen kennen.

An einem Samstagmorgen rief sie uns an. Sie brauchte unsere Hilfe. Du warst ins Gewerbegebiet gerannt und nicht zu bewegen, wieder mit nach Hause zu kommen.

Also fuhren wir los- zum Glück gibt es Google Maps. Als Du uns sahst, warst Du erschrocken und wütend: " Warum hast Du meine Eltern angerufen? Ich will nicht, dass sie leiden, ich will nicht, dass sie mich so sehen! "

Du warst so verzweifelt , und es dauerte eine gefühlte Ewigkeit, bis wir Dich im Auto sitzen hatten.

Du wolltest unbedingt wieder mit zu Stella, obwohl sie mit dieser Situation völlig überfordert war.

Sie nahmen Dich mit und wir warteten, bis Ihr 3 dann im Haus verschwunden warst.

Wir fuhren wieder nach Hause, aber Du wütetest, nachdem wir weg waren weiter- hieltest Dir ein Messer an den Hals, bis Jonas Dich beruhigen konnte. Der kleine Jonas, für den Du wie ein großer Bruder warst.

Am nächsten Tag bat Stella Dich, erstmal wieder zu Hause zu schlafen. Ich wusste, was das bedeutete, tröstete Dich aber und sagte Dir, sie müsse das auch erstmal verarbeiten.

Endlich warst Du bereit, eine Therapie zu machen. Deine Schwester telefonierte sich die Finger wund, bis wir endlich einen Termin für Dich bekamen.

Papa unterhielt sich regelmäßig mit einem Bekannten, der ebenfalls seit Jahren unter Depressionen leidet. Er sagte, ihm hilft eine Vitaminkombination aus Vitamin D3, B12 und Eisen. Wir besorgten alles und ich achtete täglich darauf, dass Du sie einnahmst.

Ich fragte Dich, ob Deine Schilddrüsenwerte mal kontrolliert worden sind. Fehlfunktionen können auch zu Depressionen führen. Um das Thema zu umgehen, fügte ich hinzu- " Weil Du doch immer so doll schwitzt. " Du antwortetest: " Mama, dass ich immer so doll schwitze liegt nicht an meiner Schilddrüse, sondern an dem Traum, den ich jede Nacht habe. "

Du wolltest nicht darüber reden, worum es in dem Traum ging. Ich dachte mir, wenn man jede Nacht Angst vorm Einschlafen hat und dann hochschreckt, ist das für die traurige Grundstimmung sicher sehr schlimm. Also fing ich an, mich zu belesen.

Ca. 5% der Menschen werden von chronischen Albträumen geplagt. Es trifft meist sehr sensible und kreative Menschen. Man kann selbst versuchen, ihn wieder los zu werden. Das erschien mir logisch und ich unterbreitete Dir den Vorschlag, dass wir den Traum zusammen bekämpfen könnten.

Gleichzeitig brachte Papa Dir neue Kopfkissen mit, damit Dein Schlaf nicht von einer unbequemen Schlafposition gestört werden konnte.

So, wie immer, wolltest Du dieses Problem aber alleine lösen. Ich sollte Dir die 3 Schritte erklären, was ich auch tat:

Der 1. Schritt ist, dass du den Traum aufschreibst .

Im 2. Schritt schaust du, was dich besonders ängstigt oder aufregt und suchst einen positiven Ersatz. Wenn du z. B. Träumst, jemand verfolgt dich, rennst du nicht weiter, sondern bleibst stehen und stellst ihn zur Rede.

Eine solche abgewandelte Form des ursprünglichen Traumes schreibst du dir wieder auf und denkst tagsüber immer wieder darüber nach. Irgendwann speichert dein Unterbewusstsein diesen neuen Traum und der alte wird verdrängt.

Bei den meisten Betroffenen klappt das wohl in 10-14 Tagen...Von Dir kam ein: " Hm. o. k. " und ich hoffte, dass Du es wenigstens versuchst.

Du machtest Deine Prüfungen. Du warst so gut. Wir waren mächtig stolz und gaben Dir Dein Geschenk schon nach der Gesellenprüfung- Dein Lieblingsparfüm und die gleiche Summe „ Schuldenerlass" , die auch Deine Schwester damals bekommen hatte, als sie erfolgreich bestanden hatte. Ich habe immer sehr darauf geachtet, dass niemand benachteiligt wird. Das Parfüm nahmst Du mit, aber das Geld wolltest Du uns unbedingt zurückzahlen. Ich lächelte nur, und sagte, dass wir Euch einfach einen guten Start ermöglichen wollen.

Dann gingst Du auf Montage, und es schien wieder bergauf zu gehen.

Du schicktest mir Links von Grundstücken, auf welche Du Dein Bungalowhaus bauen wolltest.

Es folgte die Versöhnung mit Stella. Du warst endlich mal wieder glücklich. Das war für mich das Wichtigste.

Deiner Schwester gefiel das nicht... Du sagtest daraufhin, dass es doch aber Deine Entscheidung ist. Ich beruhigte Dich. Deine kleine große Schwester hatte einfach Angst um Dich. Ich versuchte Dir zu erklären, dass Du ja weißt, wie die kleine Frau ist- geht immer hoch, wie eine Rakete und beruhigt sich dann wieder. Ich sagte Dir: " Schau mal, wie es umgekehrt wäre. Da würdest Du Deiner Schwester vielleicht nicht sagen, was Du herausgefunden hast, sondern Flori einfach umhauen. Aber das Prinzip wäre doch das Gleiche. Ihr passt immer aufeinander auf und das macht mich unheimlich stolz."

Ich wünschte Dir viel Glück für Euren Neuanfang, und war wieder etwas ruhiger- bis zu unserem letzten Abend...

Der letzte Tag-Fortsetzung:

Ich nahm Dich in den Arm und drückte Dich fest an mich.

" Was ist los, mein Zwergilein? "

„ Ich geh nachher noch zu nem Kumpel,schlaf dann auch dort. "

„ Aber warum bist Du so traurig? "

Du hast auf Dein Sofa gedeutet und gesagt, ich soll mich setzen. Das tat ich und hörte Dir zu.

Du erzähltest, dass Du bereits am Morgen mit diesen schrecklichen Kopfschmerzen aufgestanden bist, und dass dann auch immer die dunklen Gedanken kommen. Alles, was wir bunt sehen, ist für Dich grau. Ich sah Dich ungläubig an, und versuchte Dir was Aufmunterndes zu sagen, aber Du erklärtest mir, dass wir das nicht verstehen, weil wir ja nicht so kaputt sind im Kopf.

Ich fragte, warum Du nicht bei Stella bist, da meintest Du, sie müsse früh raus. Ich dachte mir dann aber, dass Du nicht wolltest, dass sie Dich wieder so sieht.

Also lenkte ich vom Thema ab und fragte nach der traurigen Musik, die immer und immer wieder von vorne begann. Daraufhin erklärtest Du mir, dass Dich die Musik nicht traurig macht, sondern Dir hilft. Die Texte sprechen Dir aus der Seele." Mama, ich weiß, Dein Englisch ist nicht so toll, aber hast Du die Texte mal übersetzt ? "

Du wechseltest auf Deinem Tablet zu Jonny Cash" Hurt" mit deutschen Lyrics. Ich war verwundert, dass Du auch so alte Lieder mochtest, las den Text und verstand was Du meintest. Dann spieltest Du Nickelback" How you remind me" . Ich hatte wirklich noch nie auf die Texte geachtet. Deine 2 in Englisch war offensichtlich nicht geschenkt. Damals scherzten wir, da es in Deutsch ne 4 gegeben hatte, dass Du wohl nach England auswandern müsstest...

Du zeigtest mir ein Video von GZUZ und fragtest, was Codein macht. Ich fragte: " Warum? Willst Du Deinen Schmerz jetzt so betäuben? " - "Nein, ich will nur immer alles ganz genau wissen. Die trinken in dem Video immer Sprite mit Codein und das ist rosa. "

Dann zeigtest Du mir einen kleinen Film - es wurden DVD-Hüllen gestapelt und mit Graffiti besprüht: " Ich muss da Montag um 12 ganz schnell sein, ich möchte unbedingt eine davon haben!

" Wann habe ich den Gerichtstermin? " Ich sagte, am Dienstag. Fabi wollte mit Dir hinfahren. Du fragtest darauf, wann der Termin bei der Psychologin ist- ich antwortete am Mittwoch, und dass Du mit ihr aber auch über die Dinge reden musst, über die Du mit uns nicht sprechen kannst, weil sie Dir sonst nicht helfen kann.

Du fragtest mich, warum Du so kaputt bist. Ich fragte, ob es mit dem Testo zusammenhängen kann.

Auch einmaliger Graskonsum kann zu psychischen Störungen führen. Du erklärtest mir daraufhin, dass das schon viel früher begonnen hat. Ich erklärte Dir, dass wir alle zusammen Deine kaputte kleine Seele reparieren werden.

Ich fragte: " Wann kommt denn Dein Kumpel? "

Darauf Du: " Halb 10"

Ich: " Oh, es ist gleich soweit. "

Du: " Mutter, stress nicht schon wieder. Der wartet. "

Wir redeten über Deine Zimmertür, die nun, nach dem Umbau nicht mehr ganz aufging. Da meintest Du, Du baust eine Vorrichtung für eine Schiebetür, da die Falttüren zu hellhörig sind. War das wirklich Dein Plan oder wolltest Du mich nur sehr geschickt ablenken?

Dann tipptest Du auf Deinem Handy und erklärtest mir, dass es noch dauert. Er sei noch auf der Autobahn. Ich fragte, woher er denn kommt und woher Du ihn kennst.

Er ist ein Kumpel von Sarah und hat das gleiche Problem, wie Du. Gespräche mit ihm tun Dir gut, weil er genauso tickt, wie Du und er Dich deshalb verstehen kann.

Ich fragte, ob es ihm denn bessergeht und wie er es geschafft hat. Darauf hast Du mir erzählt, dass er länger in der Klinik war, und eine Therapie gemacht hat. Es hilft Dir immer sehr, wenn Du mit ihm reden kannst.

Dann kam Papa die Treppe hoch. Du sagtest: " Papa, setz Dich mal mit hin." Er zog einen Zettel unter Deinem Couchkissen hervor, den Du ihm sofort wieder wegnahmst. " Der ist nicht für Dich. Das ist ein Brief für Stella." Dabei schobst Du den Zettel wieder unter das Kissen.

So saßen wir alle Drei in Deinem Zimmer. Als ich Dir Deinen Rucksack reichte, bemerkte ich, wie schwer er war. Du sagtest, da wären 2 große Cola und was für die Nacht drin.

Papa fragte, was Du trinkst. Du antwortetest, den Rest aus der Rumflasche. Er bat Dich es zu lassen. Er sagte immer, es wäre besser, wenn Du keinen Alkohol trinkst. Das würde immer alles noch schlimmer machen. Das war sicher teilweise richtig, aber ich denke, Du wolltest mit dem Alkohol den Schmerz betäuben.

Ich fragte Dich, ob Du den Anwalt mal wegen Deines Urteils bezüglich der Trunkenheitsfahrt angerufen hast. " Nein. " Ich fragte, warum nicht, da meintest Du: " Weil ich Angst vor der Antwort habe. Autofahren war für mich immer sehr wichtig, nicht nur, um irgendwo hin zu kommen, sondern auch, um den Kopf frei zu bekommen. Ich habe so Angst vor dem, was mir die Frau von der Führerscheinstelle auferlegt. Du weißt, wie ich bin. Wenn ich mich provoziert fühle, kann ich nicht ruhig bleiben. "

Ich versuchte Dich zu beruhigen und erklärte Dir, dass wir das zusammen überstehen, und dass Du ja auch den Anwalt mit hinnehmen könntest.

Plötzlich bist Du aufgestanden und sagtest, dass Dein Kumpel in 10 Minuten da ist. " Wollen wir noch eine rauchen? "

Wir setzten uns auf die Terrasse und Du sagtest zu mir:

" Mama, ich habe Papa vorhin angelogen. Das ist kein Brief für Stella, sondern der Traum, den ich aufgeschrieben habe. Ich will das nächste Woche mit der Psychologin besprechen. Du darfst das aber nicht lesen. Versprich es mir! "

Ich versprach es und plötzlich nahmst Du mich in den Arm:

" Es tut mir so leid, dass ich Euch immer solche Sorgen mache." Ich drückte Dich ganz fest und versuchte, meine Tränen zu unterdrücken. Ich erklärte Dir, dass das Leben nicht immer geradeaus läuft. Du antwortetest: " Ja, aber meins verläuft nur noch im Kreis! " Daraufhin erklärte ich Dir, dass auch Du eines Tages so einen kleinen Hosenscheißer hier rumlaufen haben wirst, um den Du Dir genauso Sorgen machen wirst, weil Eltern immer das Beste für ihre Kinder wollen.

Wir unterhielten uns über einen Schriftsteller, dessen Sprüche im Netz Dir guttaten. Du hattest überlegt, Dir seine Bücher zu kaufen, warst aber nicht sicher, ob Du sie lesen würdest. Dann erzähltest Du mir, dass Du auch gerne schreibst, es aber an Deiner Rechtschreibung hapert. Ich bot Dir an, gemeinsam Texte zu verfassen.

Als Du mich zum letzten Mal in den Arm nahmst, fragte ich Dich, warum Du keine Jacke anhast. Du antwortetest: " Ich habe doch 2 Pullover übereinander. Ich sitz doch dann im Auto. Ich habe Dich lieb, bis dann. "

Dann bist Du in der Nacht verschwunden. Ich ging rein und mir kamen die Tränen, die ich die ganze Zeit zurückgehalten hatte.

Ich unterhielt mich mit Papa, und auch er meinte, dass Dir ein Abend mit einem Kumpel sicher guttut.

Ich suchte im Netz nach den Büchern, von denen Du gesprochen hattest und bestellte sie.

Dann schrieb ich Dir nochmal:

22:05 - Conny: Wir haben dich so lieb, mein Zwergilein♥

22:08 - Mäxchen: Ich bin so kaputt, und ich weis nicht warum das macht mich so fertig

22:08 - Conny: Das bekommen wir raus und kämpfen dagegen. Wir schaffen das ♥

22:10 - Mäxchen: Ich hoffe es

22:10 - Mäxchen: Ich hoffe das es nicht alle anderen mehr kaputt macht als mich

22:10 - Conny: Ich glaube fest daran. Du bist ein kleiner Kämpfer♥

22:11 - Mäxchen: Weichei trifft es eher

22:11 - Conny: Nein, wir fühlen mit dir

22:11 - Mäxchen: Ne ich mach euch damit kaputt

22:11 - Mäxchen: Und das tut mir leid

22:11 - Conny: Du bist kein Weichei. Dir muss nichts leidtun

22:12 - Mäxchen: Doch weil ich gesehen hab jedesmal wie es allen ging und es tut mir leid

22:13 - Conny: Ich hatte in meiner Jugend auch so eine Phase. Hab nie drüber geredet. Ich fühle mich schuldig, weil ich denke, dass ich es vererbt hab?

22:17 - Mäxchen: Du hast alles richtiggemacht

22:17 - Mäxchen: Ich hab das ja nicht nur als Phase guck mal wie lange es schon ist und wie sehr es mich jedes mal zerreißt dafür kannst du nichts das ist die heutige Gesellschaft 💜

22:17 - Mäxchen: Schlaf schön bis dann

22:20 - Conny: Bei mir waren es meine Eltern... sie waren sehr streng, haben es sicher gut gemeint, aber deshalb hab ich bei euch vieles anders gemacht. Ob das richtig war, weis ich nicht. Man bekommt zu Babys keine Gebrauchsanleitung, aber ihr seid alles, wofür ich lebe💜

22:43 - Mäxchen: Alles gut Mama 💜

22:44 - Conny: Ich hab das Buch bestellt, wenn du es nicht liest, lese ich es💜

22:45 - Mäxchen: Es ist der Wahnsinn 💜

22:46 - Conny: Dann lesen wir es zusammen – so, wie früher💜

22:46 - Mäxchen: Ja 💜

22:47 - Conny: Ich hab dich lieb 💜und wünsche euch gute Gespräche 💜

22:48 - Mäxchen: Danke ich dich auch 💜

Wir gingen schlafen. Als ich aufwachte, fiel mein erster Blick auf mein Handy. Du warst 23.27 Uhr das letzte Mal online. Das war merkwürdig. In diesen Phasen hast Du nie länger, als 2- 3 Stunden geschlafen, bist dann wieder unruhig umhergelaufen. Also schickte ich Dir eine Nachricht: " Bist Du schon wach? " Es kam keine Reaktion. Vielleicht hast Du ja kein Netz? In den umliegenden Orten ist das oft so. Ich wartete noch eine Weile, dann rief ich Dich an- es klingelte 3x, dann kam die Mailbox.

Langsam wurde ich unruhig. Vielleicht habt Ihr ja noch lange geredet und schlaft nun mal richtig aus.

Papa war schon unterwegs in Richtung Hannover. Sie wollten Christians neuen Hund abholen.

Ich lief hin und her und war unsicher, was ich tun sollte. Dann fiel mir der Zettel wieder ein, auf den Du Deinen Traum geschrieben hast. Ich zögerte kurz, dachte an mein Versprechen, doch dann zog ich ihn hervor. Ich könnte ihn ja dann genauso wieder drunter legen. Du hattest Deine Panzerkette in das Papier gewickelt.

Ich begann zu lesen, hatte große Mühe, die Schrift zu entziffern. Nicht umsonst bat man Dich damals in der Schule, Deine Aufgaben am PC zu machen...

Der Brief:

„Ich weiß nicht, wie ich „ Anfangen" soll. Ich halte diesen Druck in meinem Kopf nicht aus.

Meine ständigen Ängste, dieser Traum, diese Gesellschaft. Ich bin dankbar für all das, was ich hatte.

Aber ich bin viel zu kaputt, um mich zu reparieren. Ich hätte diese Therapie für alle gemacht, die mir wichtig sind, aber alleine dieser Gedanke daran macht mich irre!

Ich habe keine Lust mehr, ich habe schon lange mit mir abgeschlossen. Nur ihr habt mich am Leben gehalten... Aber ich habe seit einigen Wochen damit abgeschlossen. Ich will einfach nur schlafen und nicht wieder und wieder in diesem Albtraum erwachen.

Es wird im Leben eigentlich immer Dunkel und Hell, aber meins war für mich nur noch Dunkel.

Es ist besser, wenn unsere Wege sich trennen, ich bin einfach nur Ballast, kaputter Ballast.

Es gibt kein Rezept, man bekommt das Bittere nicht weg.

Manchmal gibt es Gewitter und der Himmel schießt ein Blitz ab, so ist es, nicht zittern, schalt einfach das Licht ab! Meine Musik hat mich nie runter gezogen, sondern mich ziemlich lang am Leben erhalten.

GZUZ, KontraK, Chakuza sprechen mir aus dem Kopf und dem Herzen. Das Leben ist Bullshit, wir sind Marionetten unseres Lebens.

Ich bin niemandem böse oder irgendwas, ich bin für alles

„ dankbar" , für alles was für mich gemacht wurde.

Ich bin meinen Freunden bzw. meiner Familie unendlich dankbar, was sie alles gemacht haben, aber ich kann nicht mehr. Ich dachte, ich krieg es hin, aber ständig häng ich wieder an der Flasche.

Hätte ich mein Führerschein einfach nie verloren, das einzige, womit ich meine Gefühle verarbeiten konnte. Auto fahren und Schrauben war mit das Wichtigste für mich und am Ende macht man einen Fehler und muss dafür so lange büßen...

Ich fühlte mich frei in diesem Auto, ich hab mich reingesetzt und dieses Gefühl, wenn der Zündschlüssel rumgedreht war und er wie ein Traktor geklackert hat.

Dieses Gefühl, wenn ich vor einer Kurve runter schalte, aufs Gas geh und mir der Arsch kommt, die Reifen quietschen, und der einzige Gedanke ist, wie fühlt sich die nächste Kurve an.

Was rede ich überhaupt von ihm, sie ist Heidi, mein Golf. Autos, weil Menschen Scheiße sind.(Sex, Drugs and Rock´n Roll)- durchgestrichen- ich will nur Auto fahren, danke!

Ich kann gar nicht beschreiben, wie wichtig es für mich ist, ich konnte damit so viel verarbeiten.

Das geht momentan nicht, weil man sich ja an Regeln halten muss. Es hört sich so krank an, wenn ich es lese.

Es wird mich, denke ich, nie jemand verstehen... Es weiß nur jemand, der sich genau so fühlt, wie ich.

Ich weiß, ich bin nicht perfekt, aber anstatt das ich immer und immer wieder diesen Bullshit mitmachen muss, kann nicht irgendwann mal Schluss sein? "

Randnotizen:

„ KontraK"- Bittersüß beschreibt es gut.

Und sagt Lisa bitte, dass sie eine große Rolle in meinem Leben gespielt hat.

Aber als Stella da war, hat es einfach alles verändert.

Bin mit Yang und dem Rest zusammen und pass auf :)

Bin an meinem Lieblingsplatz, Jonas weiß, wo :)"

Chakuza-Tanzmarie

Stell das letzte Glas weg, es schmeckt seltsam, ich bin es
Entweder   Essig   oder   Quecksilber   drinne
Alles   verändert,   ja,   wenn   ich's   nur   wüsste
Denn   Strände   sind   Wüsten   und   Bäche   sind   Flüsse
Das   Böse   wird   wahr,   die   Träume   vor   allem
Vögel   werden   von   den   Bäumen   fallen
Tödlicher Feuerball ....
Alles gar nicht wahr, alles nur Fantasien
Das ist mein Abschiedsbrief, bitte Tanzmarie!
Fantasie
Das ist das Lied eines Soldaten aus dem Krieg
Das ist mein Abschiedsbrief, bitte Tanzmarie!
Ach bitte Tanzmarie

Es ist keiner daran Schuld, das ich es nicht mehr konnte, nur ich kann mit den ganzen Tiefpunkten nicht zurechtkommen...Ich weiß, dass ich feige bin, weil ich so viele enttäusche, aber ich kann nicht mehr, es geht einfach nicht mehr. Ich will meine Ruhe „ finden" und wach über euch hoch am Himmel. Wo auch immer ihr seid, es soll die gute Erinnerung an mich bleiben.

Aber ich will wirklich meine Ruhe „ finden" . Hoffe so sehr, das gute Erinnerungen an mich bleiben.

Ich hab immer ein über meinen Durst getrunken, aber ich denke, ich wollte einfach diese Gefühle in mir abtöten.

Sagt Sophia bitte, dass ich ihr nicht böse bin. Ich weiß, wie sie es gemeint hat. Ich liebe sie... Big little Sis and little Big Brother.

Sagt Chris, Magges, Steffen, Jonie, Oster und so weiter, halt meiner ganzen Familie, dass ich sie geliebt habe.

Mum und Dad euch liebe ich natürlich auch. Entschuldigt, dass ich euch so viel Kummer und Leid bring und gebracht habe.

Das hier ist der Abschnitt 22, jetzt geht es auf Abschnitt 100. Danke für alles. Ich liebe euch.

Sagt Stella, dass ich sie liebe und das sie dafür nichts kann, es war meine Entscheidung und ich werde immer auf sie aufpassen von oben!

Sagt ihren Eltern danke, dass sie immer so für mich da waren in der kurzen Zeit, ich hab sie lieb.

Das war es für mich, macht es gut.

Ich liebe euch, es tut mir leid!

Randnotizen:

Gebt Stella bitte meine Kette!

Mir war noch nie ein Mensch so wichtig, nach der kurzen Zeit. Hätte nicht gedacht, dass so eine Person kommt.

Ich möchte, dass meine Freunde, wie Dave, Chris, Magges, Steffen, Fabi, Joni u. Oster meinen Golf bekommen.

Sie können ihn ja fertigmachen, würde mich freuen, wenn ich das von oben sehe.

Liebe euch...

Und Sophia soll sich keine Vorwürfe machen. Ich liebe sie!

Ich las es immer wieder und wieder, war wie erstarrt.

Das war Dein Abschiedsbrief- Du hast mich angelogen!

Zwergilein- Wo bist Du?

Ich rief Deine Schwester an und schrieb Jonas, dann lief ich los, Richtung Gewerbegebiet.

Unterwegs schaute ich ständig nach Hinweisen-Kippchenstummel, Taschentücher, leere Flaschen- nichts...

Der Weg zog sich endlos, während alle anderen sich auch wieder auf die Suche machten. Jeder an einem Deiner/ Eurer Lieblingsplätze...

Ich kam am Aussichtspunkt an. Wo sollte ich beginnen? Warum ist dieser Wald so riesig? Warum bin ich hierher gezogen? Ich rief Dich an, vielleicht konnte ich Dein Handy klingeln hören? Nichts...

Dann hatte ich Angst, der Akku könnte leer werden. Also begann ich sämtliche Trampelpfade abzulaufen, rief nach Dir, fiel hin, lief weiter. Nichts...

Das konnte nicht sein, wir haben Dich doch immer gefunden. Vielleicht bist Du ja doch bei diesem Kumpel und schläfst noch?

Vorsichtshalber lief ich die Wege ein 2. Mal ab. Ich hatte Angst, Dich irgendwo zu übersehen.

Endlich kamen Jonas und Oster. Jonas erzählte, dass er Dich immer hier abgesetzt hat, wenn Du nachdenken wolltest.

Ich war völlig verzweifelt: " Aber hier ist er nirgends! "

Dann sagte Oster: " Mir hat er gestern nur geschrieben, dass er da sitzt, wo er hingehört. Ich dachte, er meint, bei Stella. "

Da rief Jonas plötzlich: " Dann weiß ich, wo wir ihn finden. "

Wir rannten zum Auto und fuhren los.

In den Wald, in Richtung der Teiche. Als wir kurz vor der Autobahnbrücke waren, rief Jonas plötzlich, da oben ist er und bremste. Ich sprang aus dem Auto und rannte zum Zaun. Wie bist Du da reingekommen? Du hast Dich nicht bewegt.

Dann sah ich das Seil um Deinen Hals- oben an der Brücke befestigt. Da brach ich zusammen und schrie- ich wählte Papas Nummer und schrie ihn an: " Er ist tot. Das war ein Abschiedsbrief! "

Inzwischen trafen Chris, Phia und Flori ein- Deine Schwester öffnete die Tür und rannte die vielen Stufen hinauf zu Dir. Die mittlerweile ebenfalls eingetroffenen Polizeibeamten, holen sie wieder herunter. Wir umklammerten uns fest, wollten zu Dir, sahen immer wieder hinauf zu Deinem leblosen Körper.

Das konnte nicht sein- Du hast versprochen, solange Du uns hast, tust Du Dir nichts an- jedes Mal!

Nun hingst Du da oben, das Käppi auf dem Kopf, die Beine lässig übereinandergeschlagen. Du sahst so friedlich aus. Sie müssen Dich wecken, Du schläfst sicher nur.

Die Polizisten waren sehr einfühlsam, gaben uns Zeit und erklärten, wie es nun weitergeht, aber ich hatte die ganze Zeit das Gefühl, es sei nur ein böser Traum, aus dem ich bald erwachen würde.

Es war so kalt und ständig diese Autos über uns auf der Brücke: „WumWum- WumWum" .

Dann kam die Notärztin. Sie erklärte uns, dass sie mit hoher Wahrscheinlichkeit nichts mehr für Dich tun konnte. Zusammen mit den Sanitätern stieg sie die vielen Stufen hinauf zu Dir. Ich drehte mich weg, hatte Angst, sie würden den Defibrillator benutzen. Ich hätte es nicht ertragen können, Deinen Körper zucken zu sehen. Währenddessen nahmen die Polizisten unsere Personalien auf.

Als die Sanitäter die Treppen wieder herunterkamen, scherzten sie. Ich verstand nicht worüber, fand es aber mehr als unpassend. Ich war so wütend, hatte aber keine Kraft, mich aufzurichten.

Die Notärztin sprach uns dann ihr Beileid aus, und erklärte uns, dass sie uns kein Beruhigungsmittel geben könnte, da wir sonst den Schmerz nicht verarbeiten könnten.

Sie benachrichtigte das Kriseninterventionsteam.

Du hattest mittlerweile eine Tüte über den Kopf bekommen- in dem Moment dachte ich: " Da bekommt er doch keine Luft! "

Die Polizisten baten uns, uns ins Auto zu setzen, damit wir uns aufwärmen konnten, aber mir wurde nicht warm. Ich fragte immer wieder, wann wir zu Dir dürfen. Ich wollte Dich noch einmal in den Arm nehmen, aber sie mussten uns vertrösten, denn das hier war jetzt ein Tatort, und erst, wenn der Staatsanwalt Dich freigibt, dürfen wir zu Dir. Dann traf die Kripo ein und wir sollten erstmal nach Hause fahren. Die beiden Damen vom Kriseninterventionsdienst folgten uns. Die beiden Polizeibeamten kamen etwas später.

Wie ein Roboter bot ich Getränke an und fühlte mich in unserem kleinen Häuschen plötzlich völlig fremd. Ich muss doch aufwachen...

Ich stellte Fragen, aber niemand hatte Antworten. Die beiden Frauen hatten sich aufgeteilt- eine kümmerte sich um mich, die andere um Deine Schwester. Sie schienen sich zu kennen.

Ich versuchte, stark zu sein, und begann die vielen Fragen der Beamten zu beantworten.

Wir mussten viele Pausen machen. Dann begleitete ich einen der beiden in Dein Zimmer. Sie brauchten den Brief und versprachen, dass wir alles zurück bekommen.

Etwas später brachten sie Deinen Rucksack. Darin befand sich eine Flasche Schnaps, aus der ein Schluck fehlte. Diesen hattest Du wahrscheinlich in die mit darin befindliche Colaflasche gefüllt. Volltrunken warst Du also nicht.

Dann kam Papa endlich. Sie waren sofort umgekehrt, waren aber schon 2,5 Stunden entfernt.

Er weinte und war verwundert über die vielen Leute. Ich wollte ihm alles erklären, aber ich konnte es nicht. Die beiden Damen vom Kriseninterventionsdienst zogen sich zurück.

Wir umarmten uns- nun hatten wir nur noch uns Drei.

Es kamen Fragen auf, die uns wohl nie jemand beantworten kann.

Deine Schwester erzählte uns, dass sie in der Nacht, so gegen halb 1 plötzlich Luftnot hatte und vor die Tür musste. Ich denke, das war der Zeitpunkt, an dem Du uns verlassen hast. Zwischen Euch gab es so ein starkes Band- manche Dinge kann man eben nicht wissenschaftlich erklären...

Warum hattest Du die Ortungsfunktion Deines Handys aus?

Ihr hattet da so eine App, wo jeder sehen konnte, wo der andere grad ist. Das hatten wir als erstes ausprobiert.

Es ist so ein langer Weg bis zur Brücke- Du hattest Zeit zum Nachdenken, warum bist Du nicht umgekehrt?

Phia hat den Jungen kontaktiert, zu dem Du angeblich wolltest. Ihr wart verabredet, aber Du hast Dich nie wieder bei ihm gemeldet.

Der lange einsame Spaziergang 2 Wochen zuvor- hast Du da Deinen Platz ausgesucht? Du warst an Deinen Lieblingsplätzen und hast so tolle Fotos gemacht. Papa meinte noch zu mir:

" Lass ihn mal laufen, das macht den Kopf frei." Abends hast Du mir dann erzählt, wo Du überall warst.

So viele Fragen, aber keine Antworten.

Magges versuchte uns dann zu trösten: " Habt Ihr bemerkt, dass heute der erste Tag war, an dem die Sonne wieder schien ? Das ist sein Zeichen, dass es ihm jetzt besser geht! "

Damit hatte er wohl Recht. Ich hatte nicht einmal bemerkt, was für Wetter war. Ab diesem Zeitpunkt war das anders, ich achtete auf jedes Zeichen.

Abends gingen wir wieder zur Brücke. Deine Freunde hatten die Treppe geschmückt- mit Fotos, Blumen, Kerzen. Sie tranken Corona mit Dir und rauchten Cabinet. Das war so unglaublich toll für mein Mutterherz. So viele Menschen, die Dich genauso lieb hatten, wie wir. Die Straße war voller Autos. Zitternd lief ich die Stufen wieder hinunter. Wir wollten Euch Zeit miteinander geben.

Stufen sind seitdem ein Problem für mich...

Ich schickte am Abend Nachrichten an die, die es noch nicht wussten: " Max ist tot! " - Mehr konnte ich dazu nicht sagen. Das Handy klingelte, vibrierte und tönte immerzu. Phia stellte ihrs zwischenzeitlich aus. Wir sollten sie über Flori erreichen.

Immer wieder die Frage: WARUM ? - Wie sollten wir die beantworten?

Es war egoistisch von mir, daß ich darüber nachdachte, daß ich Dich lieber so verzweifelt bei mir hätte... Niemand konnte Deine Qualen nachvollziehen.

Ich hoffe wirklich von ganzem Herzen, dass es Dir jetzt besser geht. Dass Du bei Yang bist, bei Oma Friedel und Opa Waldi-die Dir hoffentlich den A... versohlt haben, dass Du Opi Ede triffst und endlich Deine Omi Geli kennenlernst. Es gibt so viele da oben, die ich lieber hier unten hätte.

Phia fragte mich, ob es einen Himmel gibt. Ich sagte: " Ja, den gibt es- ganz bestimmt, aber einen Gott gibt es für mich schon sehr lange nicht mehr- seit er mir damals Deine Oma Geli genommen hat... "

Als Kind betete ich jeden Abend, ging mit Omi Gisela in die Kirche. Sie konnte auch nicht singen, was sie aber nicht davon abhielt, es trotzdem zu tun. In der Gemeinde störte das niemanden, aber mir war das immer ganz schön peinlich. Ich bin so froh, dass sie Deine Geburt noch miterleben konnte, obwohl es ihr damals schon sehr schlecht ging.

Sie waren tolle Großeltern. Wir wuchsen bei ihnen auf. Opi Ede erklärte uns alles, was die Tiere und die Gartenarbeit betraf. Wir durften Buden bauen, hatten ein kleines Beet und er baute uns eine Schaukel. Mit Omi Gisela unternahmen wir Ausflüge mit Picknicks. Sie konnte nicht besonders gut kochen und war immer sauer, wenn wir nachwürzten. In den ersten Jahren bekochte uns alle ihre Mutter- die Großi. Bei ihr war ich gern. Da bekam ich immer Bohnenkaffee und durfte zusehen, wenn sie ihre Karten legte.

An den Wochenenden fuhren wir immer auf die" Insel" in Brandenburg. Dort wurde gezeltet. Für meine Mutti war das nicht der richtige Ort. Sie hatte einen Putzfimmel, und der Sand war durch das Stahlwerk schwarz. Aber wir waren dort glücklich- im Wald toben und im See schwimmen.

Einmal im Jahr ging`s dann an die Ostsee- da war ich am liebsten. Ich konnte stundenlang aufs Meer hinausschauen und meinen Gedanken nachhängen. Dir ging es genauso.

Gitti und Onkel Manfred bekamen dann ihre Zwillinge, und wir hatten dadurch weitere Spielgefährten. Es war eine schöne Zeit und mein Wunsch war es immer, dass meine Kinder auch mal im Grünen mit Tieren aufwachsen können.

Wenigstens das haben wir geschafft.

Wie soll es nun weitergehen?

Heute rief uns endlich ein Beamter der Kriminalpolizei an. Der Staatsanwalt hat Dich„ frei gegeben" . Ich fragte ihn, ob Du gesprungen bist. Er sagte nein, er hat sich erhängt, er wollte es nicht weiter erklären, also wollte ich wissen, ob sie in Deinem Körper Drogen gefunden haben, auch das verneinte er. Du wolltest es also wirklich...

Wir bekamen den Brief, die Kette und Dein Handy zurück. Leider wussten wir Deine Pin nicht. Als wir nachmittags mit Deinen Jungs dasaßen, meinte Tom, er hat für alles eine Pin. Deine Unterlagen habe ich ja immer alle abgeheftet und ich suchte Deine Sparkassenpin. Bingo- wir kamen rein. Dein Schwesterherz suchte nach Antworten, sah Deine letzten Nachrichten durch: Du schicktest Stella das Lied

„ Tanzmarie" mit der Erklärung, dass Du sie liebst.

Dann warst Du offline.

In Deinem Suchverlauf fand Phia „ Henkersknoten" - das passte zu Andres Aussage, dass jemand, der wirklich nicht mehr leben will, alles ganz genau plant. Das hast Du- auf Arbeit noch was ausgegeben, Dein Zimmer aufgeräumt bzw. umgeräumt, Dir eine Geschichte für mich ausgedacht, damit ich nicht misstrauisch werde...

Mir wurde bewusst, dass unser Gespräch am Vorabend Deine Art war, Dich von uns zu verabschieden- deshalb hast Du mir die ganzen Lieder gezeigt. Ich denke, Du wolltest, dass sie auf Deiner Beerdigung gespielt werden.

Du hast mal gesagt, dass Du ins Meer möchtest, wenn Du tot bist. Wir haben manchmal darüber geredet, weil das mein Wunsch war. Ich habe dann immer gesagt, dass Ihr aufpassen müsst, dass Papa das auch macht. Jetzt stehen wir vor dieser Entscheidung- aber ich kann das nicht, kann es auch Deinen Freunden nicht antun.

Das ist doch die falsche Reihenfolge: Kinder sollten nicht vor ihren Eltern gehen...

Dein Schrittzähler hatte 76 Stockwerke aufgezeichnet. Wie oft bist Du diese Stufen hoch und runter gelaufen? Wie verzweifelt warst Du? Warum bist Du nicht umgekehrt?

Deine Schwester grübelt weiter. Sie erzählte mir, dass Ihr als Kinder beide den gleichen Traum hattet: Wenn einer von Euch was böses gemacht hat, kam ein Beast (wie aus „ Die Schöne und das Beast") und verbrühte den anderen. Deshalb habt Ihr auch so oft zusammen in einem Bett geschlafen. Warum habt Ihr nie was gesagt?

Nun hat sie Angst, dass Du diesen Traum weiter hattest, und Du sie quasi befreien wolltest, indem Du Dein Leben beendet hast.

Ich versuchte sie von diesen Gedanken abzulenken.

Jonas lieferte dann die Erklärung. Mit ihm konntest Du reden. Er ist immer so niedlich, betont höflich und wenn man ihn so sieht, schießt einem automatisch die Muttermilch ein. Du hast immer gesagt: " Mein Lehrling" . Ich habe mal gefragt, was das bedeutet, Du warst ja selber noch Stift. Aber Du solltest ihn anlernen... Lange Zeit nannte ich ihn Justin, weil ich dachte, er heißt wirklich so, aber das war nur Euer Spitzname für ihn...

Er sagte Deiner Schwester dann, dass Du immer den gleichen Traum hattest: " Du fällst und kurz bevor Du aufkommst, schreckst Du hoch! " - Du hast ihn dann immer gefragt, was passiert, wenn Du aufkommst.

Phia meinte, dass Du dann doch aber gesprungen wärst. Ich antwortete ihr, dass Du gerade deshalb nicht gesprungen bist, weil Du nicht wusstest, was passiert, wenn Du aufkommst.

Sie las dann über Traumdeutung. Fehlte Dir wirklich der Halt im Leben? Es lief doch gerade so gut?!

Heute waren wir alle zusammen im Bestattungsinstitut. Die Frau war sehr nett. Deine Jungs haben sich bereit erklärt, für Dich zu sprechen. Eine größere Ehre kann man einem Menschen nicht erweisen.

Ich hoffe, sie schaffen das. Ich könnte es nicht ertragen, wenn irgendein Fremder über Dich spricht.

Wir besprachen alle Formalitäten, und sie machte uns dann einen Vorschlag, für den wir ihr unendlich dankbar sind. Du darfst wieder mit nach Hause... Wir kaufen ein Grab in der Schweiz und dürfen Dich nach der Trauerfeier zum Abschied nehmen nach Hause transportieren.

Morgen dürfen wir Dich endlich noch einmal sehen.

Bis dahin mache ich es Dir schön: Ich habe Deinen Tisch geschmückt. Dich werden 2 Deiner Buddhas bewachen, ich habe die Muschelkerzengläser aufgestellt und die Rosenblüten verteilt, mit denen Du Dein Zimmer immer dekoriert hast, wenn Du einen romantischen Abend geplant hast.

Dein 1.Bild (Ultraschall) und Dein letztes Bild (Hotelzimmer in Mannheim) habe ich kombiniert und entwickeln lassen.

Deine Schwester ist mit dem Katalog mit den verschiedenen Urnen zu Dir hochgegangen. Ich denke, Ihr habt Dein neues Zuhause gemeinsam ausgesucht. Als sie wieder herunterkam, sagte sie, sie hat etwas gefunden, weiß aber nicht, ob das kitschig ist. Ich erklärte ihr, dass nichts, was Ihr zusammen ausgesucht habt, kitschig sein kann. Sie zeigte uns das Herz. Es war perfekt- ein ganz besonderes Zuhause für einen ganz besonderen Menschen.

Ich hatte Deine Anwälte und die Psychologin darüber informiert, dass Du gestorben bist. Die Anwälte bekundeten ihr Beileid und boten ihre Hilfe an.

Die Psychologin hat sich bis heute nicht gemeldet. Wer weiß, ob sie Dir überhaupt hätte helfen können.

Jeden Tag kommen Pakete für Dich, ich kann der Postfrau nicht mehr in die Augen sehen. Du hast immer gesagt, dass Du deinen 1. Lohn auf den Kopf hauen willst, aber warum hast Du so viele Klamotten bestellt, wenn Dein Plan im Kopf schon feststand?

Dann war es endlich soweit:

Wir durften Dich ein letztes Mal sehen, drücken und küssen. Die Zeit verging einfach nicht...

Chris hat Dir Sachen ausgesucht. Ich kann sie nicht berühren. Ich lege mich auf Dein Bett, das riecht noch ein bisschen nach Dir. Ich vermisse Dich so sehr.

Wir standen alle zusammen im Regen. Eine der beiden Damen von der Krisenintervention war, zusammen mit einem Herren, wie aus dem Nichts aufgetaucht. Die müssen das sicher machen, aber Chris erwischten sie da zu einem völlig unpassenden Augenblick- Du weißt, wie impulsiv er sein kann...

Endlich öffnete sich die Tür und wir durften zu Dir. Die Frau vom Bestattungsinstitut hatte uns gesagt, dass es sein kann, dass wir Dich nur hinter Glas sehen dürften, aber die Tür war offen. Du sahst so friedlich aus, als würdest Du nur schlafen. Deinen Sourkrautpulli hatten sie so drapiert, dass Dein Hals bedeckt war. Ich küsste Dich und hoffte, Du würdest einfach wieder aufwachen. Du warst so kalt. Papa wollte Dir etwas von seiner Wärme abgeben, weil er dachte, das würde Dich erwecken. Deine Schwester versuchte es mit ihren Tränen auf Deiner Wange- nichts regte sich.

Wir nahmen Platz, ohne Dich aus den Augen zu lassen. Nach und nach nahmen Deine Freunde Abschied und ich betrachtete Dein Gesicht, als hätte ich es noch nie zuvor gesehen. Ich hatte das Gefühl, dieses verschmitzte Grinsen, das Du immer hattest, umspielte Deine Mundwinkel. Ich brauchte ein anderes letztes Bild, denn das letzte, was ich von Dir hatte, war Das unter der Brücke. Jede Nacht schreckte ich davon hoch und grübelte. Nachdem wir bei unserer Hausärztin waren, hatten wir Schlaftabletten- die waren toll. Es wurde einfach dunkel, früh wieder hell und dazwischen war einfach nichts.

So, wie Du nun dort lagst, begann ich langsam zu begreifen, dass es Dir nun bessergeht.

Eine Mutter will immer, dass es ihren Kindern gut geht- aber so?

Nach einer halben Stunde mussten wir Dich wieder allein lassen. Deine Freunde kamen mit zu uns.

Papa kochte Kaffee und Tee. Seine Hauptbeschäftigung in den letzten Tagen. Er tigert umher, weiß nicht, was er tun soll.

Wir setzten uns hin und planten die Musikauswahl für Deine Trauerfeier. Die Lieder, die Du mir vorgespielt hattest, mussten unbedingt mit rein, dann eins, was Deine Schwester Dir mit auf den Weg schickte und 2, die Dich und Deine Freunde verbanden. Anna schrieb alles ordentlich auf. Sie ist so ein tolles Mädchen, und ich habe das Gefühl, dass es zwischen ihr und Chris wieder gefunkt hat. Das wäre so toll. Sie war immer die Richtige für ihn.

Abends erschien der Blutmond- das konnte kein Zufall sein...

Ich habe Deine Abschiedsrede fertig:

Liebes Zwergilein!

Unter Schmerzen habe ich Dich geboren, saß in der Wanne und konnte sie weg atmen- jetzt sitze ich wieder da, aber es funktioniert nicht...

Mit Dir ist auch ein Teil von uns gegangen.

Wir haben immer auf Dich aufgepasst- regelmäßig sind wir alle zusammen losgezogen, um Dich zu suchen, aber diesmal hast Du uns überlistet...

Als Du klein warst, gab`s ein Pflaster, wenn Du hingefallen warst, aber Deine kleine Seele konnten wir nicht reparieren...

Unser Buch muss ich nun alleine lesen, wer sucht die Osternester, wünscht sich einen Adventskalender, kommt mit einer Tasse Milch, um die Weihnachtskekse zu probieren, wünscht sich Roulladen am Sonntag, nascht vom „ Fake-Schinken" , spielt Hausmeister, diskutiert mit Papa über technische Fragen und verleiert dann die Augen, oder berät mich in Modefragen...

Wir waren immer so stolz auf unsere beiden Geister. Ihr wart wie Zwillinge- zu unterschiedlichen Zeiten geboren... habt Euch immer gegenseitig beschützt, so wie Geschwister es tun sollten.

Nun leidet die kleine Frau...

Flori war nachdem Du abgecheckt hast, ob er ihr guttut, wie ein großer Bruder für Dich...

Deine Freunde- die immer alle zusammengehalten haben, sind nun für uns da- sie sind einfach unglaublich, aber das muss ich Dir nicht erklären...

Wir danken Dir für Deinen Brief und dafür, dass wir Dich finden durften.

Als wir Dich zum allerletzten Mal in den Arm nehmen durften, sahst Du so friedlich aus. Papa dachte, wenn er Dir etwas von seiner Wärme gibt, erwachst Du wieder, und auch ich habe gehofft, Du schläfst nur. Wir hoffen, Deine Qualen haben nun ein Ende und Du bist endlich wieder glücklich.

Du bist immer bei uns- wir lieben Dich,

Papa und Mama

Chris wird sie vorlesen. Fabi ist so fertig, er sagte, er könne das nicht. Ich sagte ihm, dann solle er sich um die Musik kümmern. Ich konnte ihn so gut verstehen, und hoffte, dass Philipp und Magges genauso stark sind, wie Chris...

Ich wählte aus den 1000- en Fotos aus. Ich hatte Angst, jemand zu vergessen- jeder sollte sich nochmal mit Dir zusammen sehen können.

Was mir früher schnell von der Hand ging, dauert jetzt ewig-eine Fotocollage zum Beispiel...

Ich habe einfach vergessen, wie das Programm zu bedienen ist.

In der ersten Woche fuhren wir täglich zur Brücke, wir suchten nach Antworten, es stellten sich uns aber einfach nur immer mehr Fragen. Zweimal begegnete uns dabei ein Mädchen, ganz dünn und blass, erschien sie an unterschiedlichen Orten, wie ein Geist. Ob sie auch um Dich trauerte? Falls wir sie nochmal sehen, werde ich sie fragen. Niemand sollte in so einer Situation alleine sein.

Im Netz meldeten sich mittlerweile Leute zu Wort, die Dich kaum kannten und suchten nach Schuldigen.

Ich reagierte:
Behaltet ihn so in Erinnerung...
Nur er weiß warum und niemand ist Schuld...
Ich hoffe, seine Qualen sind da, wo er jetzt ist vorbei und er kann endlich wieder glücklich sein...
Jeder, der ihn lieb hatte, darf auch Abschied nehmen...
Schreibt auf, was Euch bewegt und gebt es ihm auf den Weg...

Auch die Einladung zu Deiner Trauerfeier richtete sich an diejenigen, die Dich liebhatten. Wir wollten, dass sich jeder von Dir verabschieden kann. Persönliche Differenzen hatten da nichts zu suchen.

Heute kam ein Schwarm Wildgänse zurück. Ich sah hinauf und hoffe, Du fliegst nun mit ihnen...

Früher war ich immer traurig, wenn sie im Herbst wegflogen, und glücklich, wenn sie im Frühjahr zurückkamen. Jetzt bin ich einfach nur leer. Ich habe keine Gefühle mehr.

Ich funktioniere einfach, wie ein Roboter...

Beim Einkaufen folge ich Papa einfach. Ich ertrage die Menschen nicht. Alles erinnert mich an Dich. Da warten Roulladen darauf, dass sie jemand kauft. Im Regal sehe ich „ Pfeffi" und mir schießen die Tränen in die Augen. Wird das je wieder anders?

Donnerstags warte ich darauf, dass Du von der Montage heimkommst, Deine schmutzigen Sachen vor die Waschmaschine wirfst und duschen gehst. Dann wirst Du in die Küche kommen, schauen, was es zu essen gibt und über die Baustelle schimpfen... Danach gehen wir noch eine rauchen, bevor Du wieder losmusst: "Tschüss, Mama- bis später! "

Aber nichts passiert...

Wir treffen uns jetzt nachmittags immer zum Essen. Irgendwann müssen wir ja damit wieder anfangen und zusammen ist es einfacher.

Deine Schwester grübelt weiter- beliest sich über bipolare Störungen. Sie glaubt, sie hätte mehr machen müssen und mir gehen langsam die Argumente aus.

Wenn ich sehr traurig bin, nimmt Papa mich in den Arm und sagt dann: " Wir haben noch ein zweites Kind, das uns braucht! " Er hat ja Recht, also versuche ich, stark zu sein.

In der Nacht zum Freitag passierte etwas Seltsames. Mit den Tabletten ist es ja einfach nur dunkel, aber in dieser Nacht schrak ich plötzlich hoch. Etwas durchzuckte meinen ganzen Körper. Ich dachte, na prima- wirken die Tabletten auch nicht mehr.

Phia erzählte mir, dass sie in der Nacht plötzlich wieder keine Luft mehr bekam und ein stechen in der Brust verspürte.

Ich sagte, dass ich vermute, dass Du verbrannt wurdest und Deine Seele nun frei ist. Da wir ohnehin wieder zum Bestattungsinstitut mussten, fasste ich mir ein Herz und erzählte der Bestatterin, was passiert war. Ich dachte erst, sie hält mich für verrückt, aber sie überlegte kurz, und erzählte uns dann, dass am Vortag die Amtsärztin die letzte Leichenschau durchgeführt hat, und dass es dann heute früh zur Verbrennung kam. Auch sie sagte, dass es Dinge gibt, die man nicht erklären kann.

Als ich, wie jeden Abend, in der Wanne lag- der einzige Ort, wo mir momentan warm wird- bewegte sich mein Bauch. Die Krankenschwester in mir sagte: " Das ist die Darmperistaltik" , aber die Mutter in mir fühlte: " Du bist wieder bei mir. "

Deine Freunde waren heute wieder da. Die Kaffeebauern in Kolumbien freuen sich sicher...

Chris gab mir einen Umschlag. Als ich fragte, was das ist, sagte er: " Ein Brief! "

Später öffnete ich ihn und brach in Tränen aus. Sie haben gesammelt und bezahlen damit Deine Beerdigung. Ich schrieb, dass wir das nicht annehmen können, aber sie haben es nicht nur für uns gemacht, sondern für Dich!

Am Samstagabend haben sie uns abgeholt. Wir „ mussten" mit essen gehen. Da die Gaststätte nicht so voll war, ertrug ich es. Die Abwechslung tat gut.

Sonntagfrüh kam dann das böse Erwachen- nur ein Moment der Unaufmerksamkeit, da ist es passiert: Dein blöder Eddie hat seine Mutter gedeckt...

Abhilfe schaffte dann die Tierärztin für ein nicht unerhebliches Honorar...

Ich habe mich aufgerafft und Staub gesaugt. Was so banal klingt, ist eine echte Leistung. Was früher 2 Stunden dauerte, dauert heute 2 Tage...

Ich nehme mein Handy nicht mehr mit ans Bett, das brauche ich ja nun nicht mehr. Dadurch ist es etwas ruhiger, aber mir fehlt auch was. Phia schreibt Dir weiter- ich hoffe, Du liest es. Ich habe die Telekom gebeten, Deine Nummer zu sperren.

Auch ich habe es versucht:

Mein lieber Schatz! Wenn es etwas zwischen Himmel und Erde gibt, erreiche ich Dich vielleicht so. Wir haben versucht, alle Deine Wünsche zu erfüllen. Nächste Woche kannst Du, wenn alles klappt mit Deinen Haien schwimmen. Ich wünsche mir jeden Tag, dass Du nach Hause kommst. Mein Kopf weiss, dass das nicht geht, aber mein Herz kann es nicht ertragen. Die kleine Frau leidet noch mehr. Bitte gib ihr ein Zeichen. Wir vermissen Dich so sehr.

Jetzt schreibe ich am Laptop für Dich, allein...eigentlich wollten wir ja zusammen schreiben. Ich möchte einfach jeden Deiner Wünsche erfüllen.

Mit den Schlaftabletten habe ich aufgehört. Ich trinke einen Becher Wein und schleppe meine Kuscheldecke mit mir herum.

Phia erzählte mir heute, dass sie was gefunden hat, was sie gerne hätte, wusste aber nicht, ob das merkwürdig ist. Sie hatte im Netz Ascheschmuck gefunden. Ich hatte das auch schon gesehen, mich aber nicht getraut, sie darauf anzusprechen.

Ich erklärte ihr also, dass nichts merkwürdig ist, was für sie richtig ist. So hat sie immer einen Teil von Dir bei sich.

Wir bestellten eine Kette mit Anker.

Ich fragte die Frau vom Bestattungsinstitut, ob es möglich ist, einen Teil von Dir extra zu bekommen. Sie lächelte verständnisvoll und nickte.

Unser Termin beim Amtsgericht nahte, und ich war mir nicht sicher, ob es richtig ist, Dein Erbe auszuschlagen. Wir hatten am Vorabend lange darüber diskutiert. Am nächsten Morgen war ich mir sicher, dass Du es auch gewollt hättest. So bekommt der Typ, der Dich immer wieder wegen Schadenersatz vor Gericht „ zottelte" keinen Cent mehr.

Ich hätte kein Problem damit gehabt, wenn Du damals auch der Verursacher gewesen wärst, aber er hatte Dich auserkoren, weil Du der Einzige mit einem festen Gehalt warst. Du warst nie ein Kind von Traurigkeit, aber wenn Du Mist gebaut hast, hast Du dafür grade gestanden. Deshalb hat es mich schon damals so sehr geärgert, dass wir keine Gegenanzeige gemacht haben. Ich denke, das war auch einer der vielen Punkte, die Dich beschäftigt haben. In der Woche nach Deinem Tod solltest Du wieder vor Gericht. Diesmal ging es darum, dass Zeugen aussagen sollten, welche Kleidung der Typ vor 5 Jahren am Männertag getragen hat. Diese wollte er nun auch ersetzt bekommen. Mit was sich Gerichte heutzutage herumärgern müssen ist unbegreiflich. Der hätte wahrscheinlich nie Ruhe gegeben, aber jetzt haben wir das Ganze beendet.

Beim Amtsgericht trafen wir auf sehr verständnisvolle Mitarbeiter, obwohl schon das Betreten des Gebäudes sehr merkwürdig ist. Man muss alles ablegen- so, wie auf dem Flughafen.

Uns wurde alles genau erklärt, Dein Stammbaum wurde aufgezeichnet. Also informierten wir alle beteiligten Verwandten, sie mögen das Erbe bitte auch ausschlagen.

Ich habe eine schwarze Holzkiste gekauft, in die dann alle ihre Wünsche und Gedanken legen können. Sie wird mit Dir bestattet. Ich habe Dir Opis Bild, einen Buddha, Dein VW-Zeichen, eine Rosenblüte, den Herzstein (den ich für Dich an der Ostsee gefunden hatte) und Deine„ Dichtungsringe" reingelegt- dazu einen Brief von uns. Ich hoffe, ich habe nichts vergessen.

Mehr Probleme hatte ich mit dem Foto. Welches es sein soll, war schnell klar: Du an der Ostsee- auf der letzten Buhne. Ich brauchte aber 2 Stunden, um die Textzeile drauf zu bekommen...

Deine Jungs passen gut auf uns auf. Vorhin kam Tom mit dem LKW und brachte uns Holz, für unser Öfchen und für die Feuerschale am Samstag.

Heute hatte Papa wieder einen Augenarzttermin. Sein krankes Auge ist wieder entzündet, der Druck viel zu hoch. Der Doktor wollte ihn gleich im Krankenhaus behalten. Als Papa ihm seine Situation erklärt hatte, hat er das Auge kurzerhand notgelasert, und er durfte wieder nach Hause.

Abends kamen die Jungs wieder vorbei, Papa strengte es ganz schön an, aber die Ablenkung tut gut.

Sie hatten Getränke mitgebracht und ich machte schnell ein paar Käsechips.

Sie erzählten, dass einer der Sanitäter Fotos von Dir gemacht hat und herumzeigt. Ich konnte das nicht so richtig glauben, versuchte, die erhitzten Gemüter zu beruhigen. In solchen Situationen gibt es leider auch immer wieder Menschen, die sich wichtigmachen wollen...

Nach Mitternacht fuhr Oster die anderen nach Hause. Jonas vermisst Dich sehr. Er erzählte mir viel von dem, worüber ihr gesprochen habt. Das tat gut, ich glaube, ihm auch.

Chris hat ihn quasi adoptiert. Ich finde es toll, dass alle immer aufeinander aufpassen.

Jeden Tag brennt Deine Kerze.

Bald bist Du wieder zu Hause...

In der Woche kamen erst meine Kathrin und Josie. Wir liefen ein Stück mit ihr. Das tat so gut. Dann Elke aus Berlin- sie können an Deiner Trauerfeier nicht teilnehmen. Vor lauter Aufregung fuhr sie auch noch gegen unsere Betonpflanzenkübel. Sie alle kannten Dich schon als Baby, kannten Deine Geschichte und sind nun genauso betroffen, wie wir...

Die Trauerfeier:

Es ist soweit.

Deine Trauerfeier, heute, einerseits bin ich erleichtert, denn dann bist Du endlich wieder zu Hause, andererseits habe ich große Angst- das ist so endgültig.

Papa holt gerade die Brötchen und Würste, die Philipp bestellt hat. Eine Nachricht kommt rein- von Michi- sie seien jetzt an einem gelben Haus. Ich war furchtbar durcheinander. Wir telefonierten. Die Dortmunder waren gekommen. Damit hätte ich nicht gerechnet. Auch mit ihnen bist Du aufgewachsen. Wir tranken Kaffee und teilten Erinnerungen. Es folgten Kathrin, Opa Gerhard mit Elli und Tante Silke mit Liska- sie hatte ihren Urlaub vorzeitig abgebrochen und war zurückgeflogen. Wir hatten nicht viel Zeit, mussten los. Ich wollte nicht zu spät kommen. Wir holten Verena noch ab, sie wollte gern mit uns fahren und Kathrin chauffierte uns zum Friedhof. Zum Glück saß Papa vorne, denn ich wusste den Weg nicht mehr. Mein Gehirn war einfach nur leer. Wir kamen ½ Stunde vor Beginn der Trauerfeier an, aber alles war schon voller Autos und Leute. Ich war schockiert und gerührt zugleich. Wir begrüßten uns alle, drückten uns. So viele Menschen waren gekommen, um sich von Dir zu verabschieden, so viele, die Dich lieb hatten-sogar Deine Ex-Freundinnen...

Gegen 2 durften wir dann endlich hinein- ich küsste Deine Urne und sah die Überraschung Deiner Freunde. Im Kranz befand sich ein Holzbild von Dir- Phias Lieblingsbild: Du beim Auto waschen.

„ Hallelujah" von Lindsey Stirling ertönte in Dauerschleife und die riesige Halle füllte sich. Alle verneigten sich vor Dir und drückten uns- die Schlange schien nicht abzureißen...

Dann ertönte Nickelback" How you remind me" .

Die ersten Fotos von Dir erschienen an der Wand- Bilder aus glücklichen Tagen, so wollen wir Dich in Erinnerung behalten. Die Musik verstummte, und Chris trat ans Rednerpult. Er sprach hektisch und dennoch voller Liebe und ich war so voller Dankbarkeit. Wer hat solche Freunde?

Nach der„ Hymne der Treue" sprach Magges. Er hatte bis zum Schluss nach einem Anfang für seine Rede gesucht, und fand dann genau die richtigen Worte.

„ Freund und Kamerad" ertönte, dann war Philipp an der Reihe. Auch er machte das ganz toll- sprach von Eurer Kindheit- so liebevoll...mit ihm warst Du am längsten befreundet.

Es ertönte Philipp Poisel" Eiserner Steg" - das hatte Dir Dein Schwesterherz mit auf den Weg gegeben...

Chris sprach wieder- diesmal las er unsere Abschiedsrede. Als ich sie ihm geschickt hatte, meinte er, ich hätte das gut geschrieben, und er würde das so vorlesen...

Es folgte GZUZ" Alles Lügner" - das Dauerschleifenlied...

Dann kam Deine kleine Cousine Liska. Sie war sich nicht sicher, ob sie es kann, redete dann aber ganz toll. Den Abschnitt 100 aus Deinem Brief erklärte sie mathematisch mit der Unendlichkeitstheorie. Du warst in Mathe sehr gut, aber Du warst ein „ Herzmensch" , deshalb denke ich, dass Du damit eher die Symbolik der Traumdeutung gemeint hast:

Wenn man zum Beispiel von der 100 träumt, bedeutet das, dass eine sehr **glückliche** und **erfolgreiche Zeit** vor einem liegt. Du konntest nie gut verlieren, wolltest immer erster sein und wenn Du etwas gemacht hast, dann hast Du immer 100% gegeben und auch von anderen erwartet, dass sie so handeln. War dies nicht der Fall, wurdest Du wütend.

Ich denke, der Abschnitt 100 war für Dich die Vollkommenheit, die Du auf der Erde bis zum Abschnitt 22 nicht gefunden hast...

Liska erklärte dann allen, dass Deine Beisetzung im kleinen Kreis stattfinden wird.

Johnny Cash" Hurt" begann und es kam ein Mann, der Deine Urne mitnahm. Wir waren unsicher- eigentlich sollten wir ihm folgen, aber die Fotos waren noch nicht zu Ende, also warteten wir.

Dann verließen wir die Halle, drückten alle, die wir vorher nicht gesehen hatten und teilten uns auf.

Papa wartete auf Deine Urne, die Jungs luden die vielen Blumen ein, und ich fuhr mit Kathrin schon mal Kaffee kochen. Unterwegs fiel uns ein, dass wir Verena vergessen hatten...

Es wurde sehr schnell, sehr voll in unserer kleinen Hütte... Kathrin kochte Kaffee, ich stellte die Gehacktesbrötchen hin und erwärmte die Käse-Lauchsuppe. Du wolltest immer wissen, wie ich die mache, weil die von Maggifix nicht so schmeckt. Als ich Dich losschickte, um Porree zu holen, wusstest Du nicht, wie der aussieht... Also habe ich mich zusammengerissen, und zu Deinen Ehren gekocht... Draußen wurden die Blumen an die Stelle drapiert, an denen Dein Gedenkstein liegen wird.

Der Kranz Deiner Freunde- mit dem tollen Holzbild in der Mitte, das Ankergesteck Deiner Schwester- was für die freundliche Floristin eine echte Herausforderung darstellte und unser Rosenherz kamen mit hoch zu Dir- rote Rosen, weil Du die immer Deiner jeweils Liebsten geschenkt hast...

Die Feuerschale wurde angemacht und die Würste kamen auf den Grill- so, wie immer.

Dann kam Papa endlich mit Dir. Ich war so aufgeregt, dass ich einen Tag lang die mitgelieferten Papiere suchen musste. Ich hatte vergessen, wo ich sie hingelegt hatte- Du verleierst da oben bestimmt grade die Augen und sagst: " Demente, alte Frau! " - und dann kommt Dein Lachen, das ich so vermisse...

Jeder konnte sich nun so von Dir verabschieden, wie er es wollte. Ich hoffe, das hat Dir gefallen...

Manche gingen allein zu Dir, andere in kleinen Gruppen. Opa Gerhard und Tante Silke wollten unbedingt zur Brücke- nun schmerzt sein kaputtes Knie. Einige nahmen sich ein kleines Andenken mit. Einer Deiner Buddhas fährt jetzt in Eriks Auto spazieren, und wenn Du die Sonne scheinen lässt, hat Eddy jetzt eine coole Brille. Ich fand es gut, aber nicht alle wollten das. Ich habe Stella Deine Kette gegeben, so, wie Du es Dir gewünscht hast.

Sophia wollte unbedingt ihre Kette tragen, also half Böni ihr beim„ befüllen" . Jetzt bist Du nicht nur in, sondern auch an ihrem Herzen.

Verena hatte eine Flasche Pfeffi mitgebracht und alle wollten auf Dich anstoßen, außer mir- ich trank Deinen Rum, denn Du weißt ja: " Ich hab Dich zwar lieb, aber Pfeffi geht gar nicht! "

Gegen Morgen war nur noch der „ harte Kern" da und ich schlief irgendwann mit der kleinen Frau auf der Couch ein. Auch bei Dir waren Magges, Verena, Bruno und Philipp eingeschlafen. Sie haben Dich gut bewacht.

Jetzt ist das Haus so leer, aber die Ruhe tut auch gut. Ich sitze bei Dir, und lese mit Dir unser Buch- Der Poet

" Nachschlagewerk". Was er schreibt, macht Sinn und trotzdem konnten Dich seine Worte nicht davon abhalten, Dein Leben zu beenden. Heute wird mir das wieder sehr schmerzlich bewusst.

Ich habe über ein Tattoo nachgedacht: Eure beiden Namen- in Runenschrift, so, wie Du unsere Namen auf Deinem Körper trugst, dazwischen das Unendlichkeitszeichen und 2 Rosen- für jeden eine.

Und nun?

Ich verfasste eine Danksagung und verschickte sie an alle:

„ Wir möchten uns hiermit ganz herzlich bei allen bedanken,

die uns auf dem schwersten Weg unseres Lebens, in den beiden letzten Wochen unterstützt haben.

Wir helfen gern, sind aber nicht gut darin, selbst Hilfe anzunehmen...

Eure Anteilnahme, die vielen lieben Worte und zu sehen, wieViele unser Zwergilein lieb hatten, hat uns sehr viel Kraft gegeben.

Ein besonderes Dankeschön geht an seine Freunde und seine kleine Cousine, die die Kraft hatten, für ihn zu sprechen.

In stiller Trauer, Sophia, Thorsten & Conny"

Ich hoffe, Du nimmst mir das Zwergilein nicht übel. Als Du kleiner warst, hast Du Dich immer fürchterlich aufgeregt, wenn ich Dich coole Socke so vor Deinen Kumpels rief...

Abends fragten Phia und Flori dann, ob wir mit Essen gehen. Ich lag bereits mit Schlafanzug auf der Couch, raffte mich aber auf.

Wir gingen zum Griechen, und als wir alle so am Tisch saßen, wurde uns wieder schmerzlich bewusst, wie sehr Du jetzt fehlst, und immer wieder fehlen wirst.

Das letzte Familienessen hatten wir an meinem Geburtstag beim Italiener- ein so schöner Abend...

Während Deiner Abschiednahme erzählten uns Stellas Eltern, dass es wirklich ein Foto von Dir gibt, und dass es im Netz kursiert. Sie schickten mir die Telefonnummer von der Dame, mit der sie bereits Kontakt aufgenommen hatten.

Den ganzen Morgen schneite es, wie verrückt. Ich versuchte, die Frau zu erreichen, aber sie war im Urlaub.

Also schrieb ich ihr eine Mail. Ich musste was tun:

Sehr geehrte Frau ...!

Da ich Sie heute telefonisch nicht erreichen konnte, schreibe ich Ihnen. Ich muss etwas machen, ich bin die Mutter des toten Jungen.

Bereits am Einsatzort (ich habe mein Kind gefunden) zeigten die Sanitäter ein unangemessenes Verhalten. Nachdem die Notärztin den Tod meines Sohnes festgestellt hatte, kamen sie die Treppe wieder hinunter und scherzten- worüber konnte ich nicht hören, aber ich war in diesem Moment so wütend. Ich dachte mir, da hängt mein Kind und die lachen...

Ich habe versucht, diese Gedanken zu verdrängen.

Als ich nun von mehreren Personen erfuhr, dass einer von ihnen ein Foto meines Kindes gemacht hat und herumschickt, war es bei mir vorbei.

Ich arbeite selbst als Krankenschwester und habe tagtäglich mit unterschiedlichen Patienten zu tun. Ich bin nie auf die Idee gekommen, mich über einen davon lustig zu machen- im Gegenteil, auch nach über 30 Dienstjahren habe ich noch Mitleid mit meinen Patienten.

Menschen, die anderen Menschen hauptberuflich helfen, sollten auch ein gewisses Taktgefühl besitzen.

Für Ihre Mitarbeiter war er sicher ein besoffener, tätowierter, asozialer Typ- für uns ist er unser geliebtes Kind, das gerade seine Ausbildung mit Bravour bestanden hatte, immer hilfsbereit war, viel Gerechtigkeitssinn besaß und von seiner Depression zu dieser Tat getrieben wurde.

Ich ertrage den Gedanken nicht, dass Leute, wie Ihre Mitarbeiter ihren Beruf in einer solchen Form ausüben dürfen.

Ich habe den Anwalt meines Sohnes kontaktiert.

Mit freundlichen Grüßen, Cornelia Besoke

Plötzlich schien die Sonne. Freust Du Dich, dass wir für Dich kämpfen? Auf der Motorhaube unseres Autos taute der Schnee unterschiedlich schnell weg und ich versuchte, irgendein Zeichen von Dir zu erkennen.

Dieses Auto scheint ohnehin ein Eigenleben zu haben. Heute früh ging die Zentralverriegelung mehrfach auf und zu.

War das Dein „Guten Morgen? "

Als wir beschlossen, ein neues Auto zu kaufen, warst Du begeistert. Es sollte aber unbedingt ein Allrad sein, das ist doch viel praktischer.

Bei der Konfiguration sind mir dann wohl aber ein paar kleine Fehler unterlaufen. Als wir den Fahrzeugbrief bekamen, wunderte Papa sich, dass da Frontantrieb stand, kontaktierte den Verkäufer und der erklärte, dass wir das hätten extra anklicken müssen. Er nahm es relativ gelassen, aber Du hast Dich aufgeregt. Das konntest Du immer so schön. Ich musste oft schmunzeln, denn ich habe gelernt, mich mit vielen Dingen einfach abzufinden. Als wir es dann abholten und feststellten, dass wir die Rückfahrsensoren auch vergessen hatten, mussten wir nur schmunzeln. Die funktionierten beim alten ja auch nur sporadisch und Papa nervte das Gepiepse...

Nachdem Du es mitbekommen hattest, schütteltest Du erst mit dem Kopf, musstest dann aber auch lachen.

Draußen hat es geschneit. Ich sitze in unserer Ecke und rauche noch Eine... Ich merke, wie ich Ausschau nach Deinen Spuren im Schnee halte- nichts. Papa schimpft, ich würde zu viel rauchen. Er hat sicher Recht, aber als ich Dich zum letzten Mal sah, saßen wir auch hier. Ich warte darauf, dass Du kommst und fragst: " Mama, wollen wir noch eine rauchen, bevor ich los muss? "

Aber es bleibt still.

Ich erinnere mich daran, als ich bemerkte, dass Du mein,, Laster" übernommen hattest. Zunächst fehlte immer mal ein Kippchen, dann auch mal eine ganze Schachtel. Also begann ich immer neue Verstecke für meinen Vorrat zu suchen. Das half nicht, denn genau, wie Deine Schwester hattest auch Du sie schnell gefunden.

Da ich selbst kein gutes Beispiel war, fand ich, dass ich auch nicht das Recht hatte, es Euch zu verbieten, obwohl ich trotzdem immer wieder mit verschiedenen Argumenten versuchte, es Euch auszureden.

Ich sehe noch heute Dein erschrockenes Gesicht vor mir und muss schmunzeln: Mit Deiner Schwester saß ich im Eiscafe`. Von dort hatte man einen super Blick auf den Skaterplatz. Da ich sehr selten in der Stadt war, fühltest Du Dich hier offensichtlich sicher und teiltest Dir mit Chris genüsslich eine Zigarette. Also griff ich zum Handy, rief Dich an und erklärte Dir, dass Du Zigarette sofort ausmachen sollst...

Abends sitze ich jetzt mit einem Becher Rotwein da und versuche den Schmerz damit zu betäuben, aber es funktioniert nicht. Dir muss ich das ja nicht erklären. Wie oft hast Du so versucht, Deine Qualen zu unterdrücken, die glückliche Fassade aufrecht zu erhalten...

Ich kann im Moment auch nicht kochen. Alles erinnert mich an Dich. Früher kochte ich täglich, es ging mir leicht von der Hand. Heute gab es Tiefkühlpizza, aber selbst die vergaß ich im Ofen- ziemlich dunkel kam sie auf den Tisch, und ich musste schmun- zeln:

Als ich an einem Wochenende bei meiner Kathrin war, berichtete mir Papa dann, dass Ihr, nachdem Ihr aus dem Club gekommen seid, in der gleichen Lautstärke spracht, wie dort. Davon wurde er natürlich wach. Es war morgens um 6, und wie immer, nach so einer Nacht, hattest Du Hunger. Also hattest Du Euch Pizza in den Ofen geschoben und sie vergessen, so wie ich heute.

Du serviertest sie dann mit den Worten" Die ist zwar ein bisschen schwarz, aber die essen wir trotzdem! "

Wenn Du so betrunken warst, warst Du so niedlich. Nachdem Ihr Männertag wandern wart, bist Du in die Brennnesseln gefallen. Am ganzen Körper hattest Du Quaddeln und riefst mich entsetzt an: " Mama, bekomm ich jetzt einen allergischen Schock? " Ich antwortete belustigt: " Nein, aber nie wieder Rheuma! "

Heute waren wir beim Anwalt und haben ihm geschildert, was passiert ist. Er erklärte uns, dass man gegen das unangebrachte Gelächter der Sanitäter nichts tun kann. Es sei pietätlos, aber in dieser Gesellschaft leider nicht selten. Aber gegen die weitere Ver- breitung der Fotos könne er vorgehen.

Auf der Heimfahrt spielten sie im Radio plötzlich Nickelback" How you remind me" , und mir kamen die Tränen.

Unterwegs begegneten uns immer wieder Krankenwagen- ich hasse Krankenwagen!

Ich bin so wütend und traurig und hilflos.

Deine Schwester begann sofort damit, die Adressen der Zeugen ausfindig zu machen. Der Feuerwehrmann, der die Fotos gesehen hatte, möchte nicht aussagen. Er versuchte immer wieder, die kleine Frau zu beschwichtigen, aber Du kennst sie ja: Für Dich kämpft sie, wie eine Löwin- auch jetzt noch.

Ich erreichte endlich die Chefin der Sanitäter und erklärte ihr unser Problem. Sie meinte, sie habe das Ganze sehr ernsthaft verfolgt, aber alle Beteiligten hätten ihr versichert, keine Fotos gemacht zu haben. Es wären ja schließlich noch mehr Personen am Einsatzort gewesen, und wenn wir ohne weitere Beweise gegen den Verband vorgehen, könne sich das Blatt auch wenden...

Dann wurde sie wieder zugänglicher und erklärte mir, sie habe noch nicht die ganze Post gesichtet. Sie würde sich gern 2 Tage später wieder mit mir unterhalten.

Ich willigte ein und Punkt 9.00 Uhr- 2 Tage später, rief ich wieder an. Sie hatte leider keine neuen Erkenntnisse, nur die schriftlichen Stellungnahmen ihrer Mitarbeiter und somit waren ihre rechtlichen Möglichkeiten beschränkt.

Also stellte ich alles, was wir wussten zusammen und schickte es dem Anwalt.

Dein Papa versucht, den „ Fotografen" ausfindig zu machen und verzweifelt dabei. Er tut mir so leid.

Ich sitze abends am Laptop und durchsuche das Netz nach Fotos. Ich habe Dein Gesicht eingescannt und probiere es über verschiedene Bildersuchmaschinen- viele schlimme Bilder, aber keins von Dir...

Ich denke, es gibt eine WhatsApp- Gruppe. Dort werden Einsatzbilder ausgetauscht- sicher nicht mit der Absicht, die Hinterbliebenen zu treffen, sondern sicher nach dem Motto:

" Schaut mal, was wir heute für einen Einsatz hatten... "

Wie armselig ist doch diese Gesellschaft. Ich finde es richtig, wenn „ Gaffer" strafrechtlich verfolgt werden, aber wie ist das in so einem Fall? Wir treten auf der Stelle, Aussagen werden plötzlich zweifelhaft und wir sind machtlos. In solchen Situationen kann ich verstehen, dass Du mit dieser Gesellschaft-so oberflächlich und verlogen- nicht klargekommen bist.

Vorhin habe ich Dich „ umgefüllt" - die Urne fürs Meer ist gekommen. Wenn alles klappt, kannst Du nächste Woche mit Deinen Haien schwimmen.

Deine Freunde haben heute unter der Brücke aufgeräumt, anschließend kamen sie vorbei.

Dave möchte sich, obwohl er ja bald Papa wird, um Heidi kümmern. Sie werden sie fertigmachen und zu Tuningtreffen mitnehmen. Unsicherheit besteht darüber, ob sie so werden soll, wie sie war oder so, wie Du sie umbauen wolltest. Deine roten Felgen haben sie schon zurückgekauft.

Sie hat für immer einen Ehrenplatz in der Halle.

Wir waren beim Steinmetz. Es ist Floris Cousin. Zusammen näherten wir uns dem „ Endergebnis" Deines Gedenksteines.

Auf einen glänzenden schwarzen Sockel kommt ein mattschwarzer Findling. Darauf kommt Dein Name in Runenschrift und eine Gravur Deines Autowaschbildes. Er erklärte uns alles ausführlich und sprach so voller Liebe von den Steinen, die er bearbeiten würde. Er erinnerte uns an Onkel Manfred. So liebevoll, wie dieser Möbel aus tollen Hölzern baute, so sprach der Steinmetz von seiner Arbeit. Es ist so toll, dass es noch Menschen gibt, die ihrer Arbeit mit so viel Herzblut nachgehen.

Die kleine Frau zögerte erst, dann sprach sie uns aber auf etwas an, was sie offensichtlich die ganze Zeit sehr beschäftigte:

" Was soll ich denn aber machen, wenn Ihr mal sterbt. Dann bin ich ganz allein auf dieser Welt und mit den ganzen Schulden kann ich dann das Haus nicht weiterbezahlen. Bei unserem Glück" - sie stockte kurz- " Versteht mich nicht falsch, aber es geht mir nicht um das Haus... " Ich unterbrach sie: " Ich weiß. Es geht um Deinen Bruder. Du wirst nicht allein sein, denn irgendwann hast Du auch eine eigene kleine Familie. Du hast Freunde und einen lieben Freund. Sollte einer von uns sterben, zahlt der andere weiter. Sollten wir beide sterben, ist alles auf einen Schlag abbezahlt. Also mach Dir keine Sorgen! "

Sie tut mir so leid. Unentwegt grübelt sie. Heute sagte sie, dass sie denkt, dass Du das gemacht hast, weil sie zwischen den Jahren Wäsche gewaschen hat... - ich hatte diesen alten Aberglauben beachtet, weil wir fürs neue Jahr wirklich mal etwas Glück hätten vertragen können, aber geholfen hat es trotzdem nicht.

Ich achte aber noch immer auf Zeichen: Deine Sonnenuhr ist mit 4 Schrauben befestigt- warum rostet die 4. Schraube?

Ich bin heute zum 1. Mal mit dem neuen Auto gefahren. Wieder ein kleiner Schritt in Richtung weitermachen. Man sagt ja, Auto fahren verlernt man nicht, aber nach so vielen Wochen als Beifahrer und dann in dem neuen Wagen war ich schrecklich aufgeregt. Alles ging gut. Ich fuhr sehr langsam- Du wärest wieder verrückt geworden. Mir kam unsere Fahrt zur Crossstrecke in den Sinn:

Ihr hattet die Motorräder auf unserem Anhänger befestigt und ich sollte Euch zur Strecke fahren- soweit so gut. Nachdem Ihr aber sagtet: " Eigentlich müsste das so halten" fuhr ich die Gesamtstrecke von ca. 20 km mit einer Höchstgeschwindigkeit von 30 km/h.

Darüber warst Du nicht sehr erfreut, nennen wir es vielleicht sogar ungehalten, aber ich antwortete einfach, dass wir schneller fahren würden, wenn Ihr das Wort" eigentlich" nicht verwendet hättet.

Abholen musste Papa Euch dann- noch so eine Fahrt hätte mein Nervenkostüm wohl nicht verkraftet.

Nachdem ich alle Deine Kinderfotos abfotografiert habe, habe ich im Netz ein Album erstellt und es auf Deiner Gedenkseite geteilt. Ja, Du hast richtig gelesen: Deine Freunde haben für Dich eine Gedenkseite eingerichtet. Hier wird an Dich auf unterschiedliche Weise erinnert. Als ich das gesehen habe, war ich sehr gerührt. Das Video von Eurer „ Autoschlittenfahrt" hab ich auch reingesetzt. Man kann die Kennzeichen nicht erkennen, also kann da auch niemand Ärger bekommen.

Ich höre so gerne Deine Stimme und Dein Lachen, und ich dachte mir, dass es auch Deinen Freunden guttut.

Erik war auch wieder zu Besuch. Er hatte seinen kleinen Hund mitgebracht. Ein verrückter, kleiner Foxterrier. Du hättest Spaß gehabt. Er ist noch immer sehr traurig, dass Ihr Euch nicht einfach wieder vertragen habt. Ihr habt Euch in der ganzen Zeit gegenseitig vermisst, aber niemand hatte den Mut, einen Schritt auf den anderen zuzugehen.

Das ist so traurig, denn nun war die Zeit leider schneller...

Nachdem ich heute früh wieder sehr traurig war, fuhr ich mit Papa auf den Hundeplatz. Eigentlich ertrage ich momentan keine Menschen, aber ich dachte mir, ich kann ja dort auch spazieren gehen.

Es war dann aber doch in Ordnung, weil man versuchte, normal mit uns umzugehen. Das tat gut.

Und ich lernte „ Henry" kennen- den Welpen, den Papa am Tag Deines Todes mit abholen wollte.

Ich schloss das kleine Fellknäuel sofort in mein Herz. Er konnte ja nichts für die Umstände. Oder gewann ich ihn gerade deshalb so lieb? Er wird mich immer an diesen Tag erinnern und so schlief er dann auch seelenruhig auf meinem Schoß.

Franzi machte sich Sorgen um mich, und meinte, ich erschiene ihr zu stark. Das hörte ich in den letzten Wochen oft. Aber Papa kam mir zu Hilfe, bevor ich Erklärungen abgeben konnte.

" Conny ist schon immer eine sehr starke Frau! "

Bin ich das? Weiß irgendjemand, wie es in mir aussieht?

Immer, wenn mir im Leben etwas wichtig war, es mich glücklich gemacht hat, dann wurde es mir genommen. Man gewöhnt sich daran, zu verlieren, lernt zu überleben.

Jedes Mal stirbt ein Stück vom eigenen Ich, man wird härter.

Doch jetzt bin ich völlig leer. Meine Kinder waren immer das Wichtigste in meinem Leben- immer Nummer Eins! Und jetzt? Habe ich nicht gut genug aufgepasst? Wieder und wieder habe ich diese Gedanken... Aber ich muss stark sein- die anderen brauchen mich- die kleine Frau braucht mich...

Also- bin ich nun eine starke Frau? - oder ähnlich kaputt, wie Du- mit einer perfekten Fassade?

Ich erschrak, als Papas ebenfalls erkrankter Kumpel uns sein Beileid aussprach, und dann erklärte, er wäre froh, wenn er es auch endlich hinter sich hätte. Was ist das bloß für eine beschissene Erkrankung?

Sie trifft die liebevollsten, lustigsten und gleichzeitig sensibelsten Menschen und macht sie kaputt.

Und dann gibt es da die anderen- die denken, sie seien was Besseres, machen sich über alles lustig und merken dabei nicht, was für armselige, hirnlose Kreaturen sie sind... Ich scrollte durch die Neuigkeiten bei „ Facebook "und fand einen Spruch über Depressive- weit unter der Gürtellinie- geteilt, von einem meiner „ Freunde "- nach einem „ Wutsmiley " unter dem Bild, löschte ich ihn aus meinem virtuellen Leben- sollte er mir allerdings im realen Leben nochmal begegnen, werde ich wohl meine gute Manieren, und dass ich eine Frau bin vergessen...

Zum Glück habe ich im realen Leben echte Freunde, mit ganz viel Herzenswärme. Meine „Bratwurst" und meine Kathrin zum Beispiel. Das macht den Umgang mit Idioten erträglicher.

Heute waren mein Vio und das Entchen da- sie brachten Dir frische Tulpen mit. Wir tranken Kaffee und erzählten. Du bist sozusagen mit ihnen aufgewachsen. Als Du 1 Jahr alt warst, musste ich wieder arbeiten gehen. Das hatten wir bei Deiner Planung so kalkuliert. Es ist schon sehr traurig, dass man es sich in einem so reichen Land ausrechnen muss, ob man sich ein Kind leisten kann.

Aber so war das schon bei Deinem Schwesterchen. Ich war mit ihr im Babyjahr, da wurde Dein Papa arbeitslos. Das Geld wurde noch knapper, aber ich auch erfinderischer. Der Einkauf wurde genau kalkuliert. Es gab Mullwindeln, statt teurer Einwegwindeln, statt Gläschennahrung wurde frisch gekocht und als es ganz knapp war, verkaufte ich im Antiquariat ein paar, meiner geliebten Bücher... Oma Friedel und Opa Walter unterstützten uns mit Einkäufen, aus denen ich dann möglichst unterschiedliche Speisen kreierte... Papa fand wieder Arbeit und es ging weiter.

Unser Wunsch waren immer 2 Kinder und im Gegensatz zu Deiner Schwester, warst Du gerne im Kindergarten. So war es für mich nicht ganz so schwer, wieder zu arbeiten.

Meine Kollegen erlebten alle Eure Krankheiten, Streiche, die Pubertät u. s. w. immer hautnah mit.

Wir verstanden uns schon immer gut, und wenn man 22 Jahre lang täglich mindestens 8 Stunden zusammen ist, dann ist das immer ein bisschen, wie Familie. Deshalb sind sie nun auch sehr traurig und mitbetroffen. Aber wir konnten heute sogar mal lachen, als ich von den „Ostseeplänen" berichtete und sagte, dass ich Angst habe, dass ich vergesse, Dich mitzunehmen.

Abends war Fabi da- auf einen Kaffee und ein Gespräch. Er kann noch immer nicht über die Brücke fahren- seine Mitfahrer wundern sich, aber er möchte es nicht erklären. Wir gingen noch eine rauchen, als er über den tobenden Sturm schimpfte. Plötzlich wurde es windstill- warst Du das?

Endlich ist Freitag- eigentlich wären wir nächste Woche zu Papas 50. alle zusammen an die Ostsee gefahren, aber nun fahren wir ja trotzdem irgendwie alle zusammen. Das Auto ist gepackt, Flori hat seine Prüfung hinter sich gebracht und wurde dort für sein pünktliches Erscheinen gelobt...

Bepackt, wie früher, wenn es mit dem Trabi in den Urlaub ging, fuhren wir los- die beiden Männer vorne und wir Mädels mit Tyson und Gepäck auf der Rückbank. Wir machten uns auf den Weg, um Dir auch Deinen letzten Wunsch zu erfüllen. Und irgendwie warst Du die ganze Zeit bei uns- nicht nur in meinem Rucksack... Die Sonne ging glutrot unter. Überall waren dunkle Wolken und dann plötzlich ein „Schlitz" in welchem die Sonnenstrahlen in den Regenbogenfarben erschienen. Sophia sah mich traurig an, und ich nickte ihr zu. Das Szenarium wiederholte sich- dunkler Wald, Brücken, Sonne. Es war so, als würden wir an Deinem Leben vorbeifahren.

Die Unterkunft war ganz schön. In der Dunkelheit konnten wir das Meer rauschen hören, gingen was essen und liefen dann hinunter.

Ist es richtig, einen Teil von Dir hier zu lassen? Es ist so kalt, so stürmisch...

Als wir zurückkamen, hatte Tyson sich durch seine Stoffbox gefressen und stand unschuldig schauend vor uns...

Wir erzählten noch eine ganze Weile, dann gingen wir ins Bett. Am nächsten Morgen ging Thorsten mit allen Hunden„ Gassi" und besorgte Brötchen. Nachdem ich mit der Frühstücksvorbereitung fertig war, ging ich ein Stück an der Steilküste entlang. Das Meer tobte, aber die Sonne schien- Du freust Dich, oder?

Mehrfach hatte ich die Reederei angerufen, aber bei dem Wetter fährt kein Schiff raus. Nach dem Frühstück gingen wir alle spazieren- Du immer mit dabei... Am Geländer der Seebrücke hatten sich Eiszapfen gebildet, die Wellen türmten sich auf, und immer wieder kamen dunkle Wände übers Meer, die kurze Schneeschauer brachten. Wir gingen am Strand entlang- Tyson und Bonnie tobten herum.

Wieder zurück in der Unterkunft gab`s erstmal einen Kaffee, dann fuhren wir mit Dir, vorbei am „ Jagdschloss Granitz "und am „ Rasenden Roland" zum Königsstuhl. Alles, so wie damals. Nur, dass wir den Königsstuhl damals vom Wasser aus bewundern konnten... Knapp 40,- € Eintritt, um einen Felsen zu besichtigen, ist ganz schön frech, aber nun waren wir schon mal da.

Wir sahen uns an, und wussten, das hier ist der perfekte Platz für Dich. Übers Meer kam eine dichte Nebelwand- sie schien Dich mitzunehmen.

Auf der Rückfahrt erzählte mir Phia, dass wir nicht die Einzigen sind, die Zeichen von Dir wahrnehmen. Lisa hatte am Straßenrand im Schnee eine Puppe liegen sehen- so, wie Du damals, als Du am Straßenrand eingeschlafen bist.

Im Dickicht, beim Blick Richtung Brücke, ist eine kahle Stelle, genau da, wo Du gesessen hast.

Warum sendest Du uns die Zeichen? Warum bist Du nicht bei uns geblieben und sprichst mit uns?

Wir waren gestern Abend noch alle zusammen auf dem Berg, was essen. Alle zusammen? Eben nicht, denn Du hast gefehlt-Du wirst immer fehlen... Das tut so verdammt weh.

Als ich Papa dann fragte, ob wir zu seinem Geburtstag ein paar Würstchen braten wollen, weinte er...

Heute ist es sehr kalt und es schneit. Sehr traurig wachten wir beide auf. Wir hatten unsere letzte Mission erfüllt- und jetzt? Immer wieder versuchte die Sonne, sich durch die Wolken zu kämpfen, und jedes Mal schossen mir dann Tränen in die Augen...

Bei WhatsApp stehst Du jetzt ganz oben, aber meine Nachrichten haben nur einen Haken. Immer, wenn das Handy plongt, schaue ich erwartungsvoll auf Deinen Status- negativ...

Dein Zimmer ist noch immer genauso, wie Du es verlassen hast. Immer, wenn ich dort sitze, warte ich darauf, dass Du zur Tür hereinkommst...

Verena ist sehr traurig. Auch sie hat Deinen Brief gelesen und denkt nun, sie wäre nur eine von vielen gewesen. Sie hat bis zum Schluss gehofft, Ihr würdet wieder zusammenkommen. Aber Du und Deine Beziehungen- das war ein ganz eigenes Kapitel. Mit manchen Mädchen warst Du nur ein paar Wochen zusammen, bei anderen ging es länger gut. Es waren immer sehr nette Mädels, und Du warst auch immer sehr verliebt. Da kam dann schon mal der Romantiker durch und das Zimmer wurde mit Kerzen und Rosenblüten dekoriert, rote Rosen wurden gekauft oder es wurde gekocht...

Du warst glücklich, und das war für mich das Wichtigste. Wenn dann Schluss war, tat mir das oft sehr weh, weil ich Deine Entscheidung nicht verstand, aber ich hatte mir immer vorgenommen, mich in die Beziehungen meiner Kinder nicht einzumischen, und daran hielt ich mich.

Ich selbst hatte damit als Teenie negative Erfahrungen gemacht, und wollte nicht den gleichen Fehler machen...

Wenn eine Beziehung zu Ende war, bekamst Du wieder eine traurige Phase, aber oft hattest Du diese auch während einer Beziehung. Hast Du also Schluss gemacht, weil Du Angst davor hattest Dich zu offenbaren oder weil Du diejenigen, die Du liebst, nicht mit Deinen dunklen Gedanken belasten wolltest-so, wie uns?

Immer neue Fragen tauchen auf, aber wir bekommen keine Antworten...

Sophia hat Deinen Namen gegoogelt:

Neben den verschiedenen Plattformen, bei denen Du angemeldet warst und abgegebenen Kundenrezensionen, fand sie einen Max Besoke, der von 1913-44 lebte. Das war irgendwie seltsam. Hast Du früher schon mal gelebt? Gibt es so etwas, wie Wiedergeburt?

Phia hatte Angst davor, denn das Leben war ja für Dich offensichtlich nicht zu ertragen, also wäre es ja schlimm für Dich, wenn Du wiedergeboren würdest.

Mir fiel Dein Instagram- Spruch wieder ein:

„ Wenn wir gewinnen, müssen wir nichts erklären, wenn wir

verlieren, gibt es nichts zu erklären! "

Hast Du nun gewonnen oder verloren?

Wir haben definitiv verloren...

Wir sehen uns nun eine ganze Weile nicht mehr,
aber irgendwann sind wir alle wieder zusammen!

„Big little sis & little big bro"

Zeitfracht Medien GmbH
Ferdinand-Jühlke-Straße 7
99095 Erfurt, Deutschland
produktsicherheit@kolibri360.de